LA COMBE AUX OLIVIERS

DU MÊME AUTEUR

La Forge au Loup
La Cour aux paons
Le Bois de lune
Le Maître ardoisier
Les Tisserands de la Licorne
Le Vent de l'aube
Les Chemins de garance
La Figuière en héritage
La Nuit de l'amandier

Françoise Bourdon

LA COMBE
AUX OLIVIERS

Roman

Romans Terres de France

Production Jeannine Balland

Le Code de la propriété intellectuelle n'autorisant, aux termes de l'article L. 122-5, 2ᵉ et 3ᵉ a), d'une part, que les « copies ou reproductions strictement réservées à l'usage privé du copiste et non destinées à une utilisation collective » et, d'autre part, que les analyses et les courtes citations dans un but d'exemple et d'illustration, « toute représentation ou reproduction intégrale ou partielle faite sans le consentement de l'auteur ou de ses ayants droit ou ayants cause est illicite » (art. L. 122-4).
Cette représentation ou reproduction, par quelque procédé que ce soit, constituerait donc une contrefaçon, sanctionnée par les articles L. 335-2 et suivants du Code de la propriété intellectuelle.

© Presses de la Cité, un département de place des éditeurs, 2010
ISBN 978-2-258-08091-1

Avertissement

Ceci est un roman.
Ses personnages sont de pure invention. Lorsqu'il est fait allusion à des personnes, des organismes ou des manifestations ayant réellement existé, c'est dans le but de mieux intégrer l'action dans la réalité historique.

A ma fille, Caroline

« Cet arbre invaincu qui renaît de lui-même. »

Sophocle, *Œdipe à Colone*

1

Mai 1917

Un vent léger agitait le feuillage argenté des champs d'oliviers, le faisant frissonner, comme animé d'un souffle propre. Les tanches, les oliviers du Nyonsais, moutonnaient sous la brise, solidement plantés dans la terre caillouteuse, en belle harmonie avec les chênes verts et les genévriers.

Chaque fois qu'il contemplait ses arbres, Ulysse songeait à son père, à son grand-père, et aux générations de Valentin qui s'étaient succédé à la Combe aux Oliviers, domaine du pays nyonsais. Tous avaient l'arbre sacré en partage.

Lui-même n'avait pas eu de fils, sa femme étant morte en couches avec leur dernier-né, mais Lucrèce, sa fille cadette, en savait presque autant que lui. Toute petite, elle l'accompagnait dans les oliveraies, l'écoutant donner ses instructions aux valets, observant comment il procédait à chaque taille. Armide, son aînée de deux ans, préférait s'occuper du mas et de la tenue des comptes.

La main en visière devant les yeux, Ulysse Valentin observa le vol circulaire d'un oiseau de proie.

L'hiver avait été rude. De trop nombreux jeunes gens étaient tombés, dans les tranchées boueuses de la Meuse, de la Somme ou de la Marne. Une plaie vive dont lui, le maire, ne se remettait pas. Il avait dû se rendre dans plusieurs familles du bourg. A chaque fois, son pas se faisait plus lourd, son dos se voûtait un peu plus. Aucune cause ne méritait la mort de tous ces jeunes gens. Depuis trois longues années, les femmes et les vieillards s'épuisaient à sauvegarder la terre. Il avait vu la vieille Louise débiter elle-même, dans la cour de sa ferme, son plus bel amandier afin d'en tirer du bois de chauffage. L'amandier brûlait bien.

« Je vais au plus près », lui avait-elle dit, en guise d'excuse, et il avait incliné la tête. Il savait tout des misères et des souffrances de ses administrés. Parfois, on venait lui demander d'écrire une lettre, « parce que vous, monsieur le maire, vous avez la manière... ». Il s'exécutait, admirant la pudeur tranquille de ces femmes qui passaient sous silence le travail de forçat, les nuits sans sommeil, les soucis financiers.

« Mon homme a déjà bien assez de peine, là-haut, au front », disaient-elles.

— Il faudra bien que cela finisse un jour ! murmura Ulysse.

L'entrée en guerre des Américains avait suscité un enthousiasme et un espoir sans bornes. Il était grand temps que la paix revienne. Les oliviers étaient prêts.

Lui n'avait pas hésité à mettre fin à son métier d'enseignant à la mort de son père. Laurette, son épouse, l'avait approuvé. Elle savait, elle aussi, qu'Ulysse ne supporterait pas de voir un étranger diriger le domaine. Seulement... Laurette était morte, beaucoup trop jeune, et il avait éprouvé la tentation de partir pour la Grèce, comme un vagabond, rechercher la source vive de l'inspiration d'Homère. Sa sœur, Vitalie, lui avait rappelé avec humeur qu'il avait deux filles à élever et qu'elle n'avait pas l'intention de lui sacrifier le peu de jeunesse qui lui restait. Finalement, elle était demeurée à la Combe jusqu'à ce qu'un ouvrier agricole lui propose le mariage. C'était si inespéré que Vitalie avait accepté de suite. Ulysse s'était toujours demandé si Anatole avait vraiment du sentiment pour sa sœur ou s'il avait été attiré par sa dot. Le ménage, installé près de Vaison, donnait l'impression d'être harmonieux. Le frère de Vitalie ne cherchait pas plus avant, les deux familles ne se fréquentant guère.

— Ho ! Monsieur le maire !

Ulysse se retourna. Célestin, le facteur, allongeait le pas. Il avait fière allure dans sa veste de toile bleue à collet rouge et ceinture noire et son pantalon en drap gris. Cependant, le regard était triste sous la casquette « à la russe » de drap vert.

Le cœur d'Ulysse se serra. Il avait déjà compris.

Célestin le rejoignit à l'ombre de Noé, le plus vieil olivier du domaine, à l'allure majestueuse, et, sans mot dire, tira un télégramme de sa sacoche.

Le maire marqua une hésitation avant de tendre la main, comme s'il s'était accordé un ultime sursis.

— Qui est-ce, cette fois-ci ? soupira-t-il.

Célestin ôta sa casquette et s'essuya le front à l'aide de son grand mouchoir à carreaux.

— Le télégramme t'est adressé. Va savoir, monsieur le maire...

Les deux hommes, tous deux nés en 1870, avaient été conscrits ensemble et, si Célestin respectait les formes en donnant à son ami d'enfance du « monsieur le maire », il le tutoyait lorsqu'ils se trouvaient seuls.

— Maudite guerre ! lâcha Ulysse, crispant la main sur le pli officiel.

A cet instant, il était soulagé de ne pas avoir de fils.

Le soleil de mai était déjà particulièrement chaud, et Lucrèce pesa un peu plus fort sur les pédales de sa bicyclette pour atteindre le château, situé sur une éminence. C'était un bien grand nom pour désigner un bâtiment central à l'allure austère, chapeauté de tuiles et encadré de deux pavillons aux murs quasiment aveugles. La propriété appartenait à madame Pierson, qui l'avait transformée dès la mobilisation en hôpital militaire.

Lucrèce Valentin s'y rendait quotidiennement à bicyclette tandis que son aînée, Armide, coupait à travers champs. Toutes deux, en tant que bénévoles, exerçaient la fonction d'aide-soignante. Armide, qui avait quelques dispositions, avait même appris à faire les piqûres alors que Lucrèce préférait lire aux blessés des ouvrages empruntés à la bibliothèque paternelle ou bien écrire leur courrier sous la dictée.

« Je ferais une bien piètre infirmière, la vue du sang me rebute », avait-elle confié à son père, qui en avait souri.

La plupart du temps, tous deux n'avaient pas besoin de parler pour se comprendre.

Lucrèce se sentit mieux à l'ombre de l'allée de platanes menant au château. Elle rangea sa bicyclette dans la remise, rajusta ses cheveux sous le canotier de paille et s'essuya le front. Le gardien, Eusèbe, la salua au passage.

Elle marqua un temps d'arrêt avant de pénétrer dans le grand hall transformé en salle commune. Elle qui aimait vivre en plein air et travailler dans les champs supportait mal les odeurs corporelles mêlées à celle du désinfectant. Elle aurait volontiers apporté des bottillons de thym et de lavande pour en joncher le sol, mais elle imaginait déjà la réaction du docteur Mallaure. Réformé à la suite d'une blessure, le médecin avait pris ses fonctions deux mois auparavant à l'hôpital auxiliaire. Formé à l'école hygiéniste, il avait imposé des règles d'asepsie draconiennes, allant jusqu'à interdire les bouquets de fleurs. Lucrèce et lui avaient eu une explication orageuse à cette occasion. Soucieuse de les ménager l'un et l'autre, madame Pierson avait emporté le bouquet incriminé – pivoines et lilas – dans son petit salon.

Depuis, Lucrèce et le médecin échangeaient un salut dépourvu de chaleur tout en s'efforçant de s'éviter.

Elle revêtit sa blouse blanche, troqua son canotier contre un voile et se savonna longuement les mains avant de rejoindre Armide, qui effectuait la « tournée » quotidienne en compagnie du docteur Mallaure.

— Vous êtes en retard, mademoiselle Valentin, remarqua le médecin après l'avoir saluée.

Armide arborait son air réprobateur des mauvais jours. Pourquoi, se demanda une nouvelle fois Lucrèce, sa sœur et elle ne parvenaient-elles pas à mieux s'entendre ? De caractères opposés, les deux filles Valentin ne s'accordaient que sur l'amour qu'elles vouaient à leur père.

— Pouvez-vous venir aider à la pharmacie ? suggéra sœur Marie-Antoinette, l'infirmière en chef.

Ravie, Lucrèce lui emboîta le pas. Préparer des médicaments sous les instructions de sœur Cyprien, herboriste, lui plaisait. La petite pièce réservée à cet usage ouvrait sur les champs. De cette manière, Lucrèce se sentait un peu plus libre.

Dans son dos, le docteur Mallaure lui rappela :

— Vous n'oublierez pas de collecter les vases de nuit, tantôt.

Elle fit la grimace.

Les oliviers lui manquaient déjà.

La salle était vaste, chaulée de frais, accueillante avec ses meubles en noyer, sa haute cheminée s'ornant d'une hotte recouverte de plâtre et d'une tablette en bois d'olivier portant bougeoirs et pots à épices. Le pétrin, le meuble le plus ancien de la maison, reposait sur un buffet bas à deux vantaux.

La Combe aux Oliviers

Parfois Marie-Rose passait la main sur le bois lisse, satiné par des générations de femmes qui avaient brassé farine, eau et sel avec le levain.

Sa petite maison de Monthermé aurait presque pu tenir dans cette seule pièce, songeait parfois Marie-Rose, avec une bouffée de nostalgie. Elle était arrivée à la Combe aux Oliviers deux ans auparavant, au terme d'un périple éprouvant, portant sa fille, âgée d'à peine six mois, dans un couffin. Elle n'oublierait jamais l'accueil de la famille Valentin, qui s'était proposée pour héberger des réfugiés du nord de la France. Ce jour-là, le mistral couchait comme une houle le feuillage argenté des oliviers. Le paysage n'offrait aucune ressemblance avec ses Ardennes natales, mais Marie-Rose avait pressenti que le mas constituerait pour sa fille et elle un refuge idéal. Elle avait tout naturellement aidé Armide et Lucrèce aux travaux de la maison avant d'en assumer l'intendance.

Elle avait l'habitude... Aînée d'une famille de six enfants, elle avait secondé sa mère dès l'âge de dix ans puis travaillé aux côtés de son époux, Lucien, à l'épicerie familiale. Ils vendaient aussi bien du charbon que des couques en pain d'épices ou le quotidien local, *Le Petit Ardennais*. Pas de tabac ni de café avant la guerre, les « baraques », de l'autre côté de la frontière, où allaient s'approvisionner contrebandiers et « pacotilleuses », étaient trop proches. Cinq kilomètres à peine par les bois. Rien que d'y songer, Marie-Rose avait l'impression de humer l'odeur de la forêt, chênes et sapins mêlés, et d'entendre la voix de Lucien la rassurer : « Ne t'inquiète pas, ma Rose, je serai revenu à temps pour ouvrir la boutique. »

Il n'était jamais revenu. Une patrouille allemande l'avait abattu alors qu'il tentait de passer en Belgique afin d'en ramener discrètement deux personnes qui préféraient éviter les postes-frontières.

« Ils » étaient venus la chercher au petit matin, l'avaient emmenée à la prison, rue Pasteur, malgré ses protestations. Sa voisine, alertée par ses cris, lui avait promis de s'occuper d'Hermance. Lorsqu'ils l'avaient enfin relâchée, au bout de deux jours et de deux nuits interminables, elle savait que Lucien ne reviendrait pas. Ce jour-là, elle s'était aussi promis de partir loin, très loin. Pour qu'Hermance ne soit pas élevée sous la botte allemande.

Haussant légèrement les épaules, Marie-Rose se pencha au-dessus de la cuisinière, une merveille acquise par madame Valentin peu de temps avant sa mort.

Elle se demandait parfois qui, d'Armide ou de Lucrèce, ressemblait le plus à sa mère. Monsieur Valentin avait fait disparaître toutes les photographies de son épouse et les filles ne l'évoquaient qu'à mots couverts. Comme si elles avaient eu peur, à trop parler d'elle, de rouvrir leur blessure.

« Nous sommes en sécurité ici », pensa Marie-Rose.
Loin des souvenirs qui lui faisaient si mal.

2

Juillet 1918

Le maître de la Combe observait attentivement un jeune olivier qu'il avait semé quelques années auparavant. Le semis à noyaux était une technique de multiplication dont il se défiait en général, mais il avait pris soin, avant de procéder, de faire macérer les olives dans de l'eau de lessive. Ulysse se tourna vers Lucrèce.

— Qu'en penses-tu ?

— La tige est droite et lisse, les racines latérales nombreuses. D'ici trois, quatre ans, nous pourrons le transplanter, répondit-elle.

Il hocha la tête et poursuivit son chemin. Le père et la fille aimaient à parcourir ensemble les champs d'oliviers au petit matin, alors que le soleil levant baignait leur terre d'une lumière irréelle.

Depuis une semaine, la chaleur, écrasante, avait plongé le pays dans une torpeur hébétée. On vaquait aux tâches les plus urgentes avant l'aube. Dieu merci, le mas, bâti à l'emplacement d'une villa gallo-romaine, avait des murs suffisamment épais pour garder un peu de fraîcheur, ce qui n'empêchait pas Marie-Rose d'avoir l'impression d'étouffer. Fille du Nord, elle supportait mal la canicule et essuyait sans cesse son visage ruisselant.

« C'est pas chrétien, une chaleur pareille ! » maugréait-elle.

Armide soupirait alors.

« Marie-Rose, ne vous plaignez pas. Nos pauvres blessés sont bien plus mal lotis que nous... »

C'était vrai. Malgré les efforts du docteur Mallaure et de son équipe, la chaleur suffocante faisait ressortir les odeurs de sanies dans la grande salle du « château ». On y vivait volets et rideaux obstinément tirés, ce qui n'améliorait pas le moral des blessés. La veille, l'un d'eux, pris d'un accès de folie, s'était emparé d'un scalpel et avait tenté de se trancher la gorge. Lucrèce, ayant surpris son geste, s'était jetée sur lui et avait fait dévier la lame. L'homme, un jeune âgé d'à peine vingt ans, avait pu être sauvé. On l'avait ensuite emmené à l'asile de Montdevergues, près d'Avignon.

Lucrèce, blessée au poignet, avait contemplé durant une à deux minutes le sang s'écoulant sur le carrelage. Le docteur Mallaure l'avait sermonnée.

« Mademoiselle Valentin, voyons ! Laissez-moi vous soigner... »

Ce jour-là, elle avait éprouvé une sensation étrange. Comme si elle avait été spectatrice de la scène. Elle s'était ressaisie sous le regard indéfinissable du médecin. En sa présence, elle avait souvent l'impression d'être un insecte curieux observé par un

La Combe aux Oliviers

entomologiste. Agé d'une trentaine d'années, le docteur Mallaure se montrait peu disert. Avec sa silhouette légèrement voûtée et ses lunettes rondes cerclées d'acier, il paraissait plus âgé. Il impressionnait Lucrèce qui, en sa présence, se sentait coupable d'avoir commis... elle ne savait quelle faute. Armide, elle, était efficace, ponctuelle et gardait son calme en toutes circonstances. Sa cadette, si elle s'acquittait avec dévouement de ses fonctions bénévoles, était cependant trop distraite pour se voir confier des responsabilités.

La jeune fille haussa les épaules. Après tout, le jugement d'Etienne Mallaure lui importait peu ! Même si elle savait qu'elle aurait aimé susciter son admiration.

Elle se perdit dans la contemplation du jeune olivier, qui mesurait déjà plus d'un mètre soixante-dix. Elle ressentait à chaque fois la même émotion, doublée de fierté.

— « Tes olives mûrissent comme au temps où tu voyais Minerve te sourire[1] », cita son père, fermant à demi les yeux.

Lucrèce lui sourit.

— Quand la guerre sera finie... je suis sûre que tu aimerais aller en Grèce.

Ulysse secoua la tête.

— La Grèce... j'en ai tant rêvé, avec ta pauvre mère ! Je lui avais promis de l'y emmener, l'année de ma retraite. Nous ne pouvions imaginer...

---

1. Extrait du *Pèlerinage de Childe Harold*, de lord Byron.

Sa voix se brisa. Il ne parlerait pas à Lucrèce de son désir de partir seul, sur les chemins, après la mort de Laurette. Sa vie était ici. A la Combe, auprès de ses oliviers. Ancrée dans ce pays où l'on avait l'amour de la terre et du travail bien fait.

Ils virent passer Marie-Rose, avec sa brouette pleine de linge. Elle se rendait à la rivière, où Vitalie, longtemps auparavant, avait fait aménager un semblant de lavoir à son frère.

— Madame Caussole ne va pas très fort, dit soudain Ulysse.

Il n'oublierait jamais le cri d'agonie que la fermière avait poussé en le voyant arriver, son papier bleu à la main. Elle ignorait encore lequel de ses fils était tombé, mais son cœur saignait, déjà. Le vieil Alfred, son beau-père, était venu la soutenir. Elle tremblait tant qu'elle avait tendu le papier officiel à Ulysse.

« Vous, monsieur le maire... Moi, je ne saurai pas. »

Il baissa la tête. Il détestait ce rôle imposé par son mandat d'élu mais n'en parlait pas chez lui. A son retour au mas, Marie-Rose avait fait peser sur lui un regard indéfinissable.

« Venez là boire un bon café », avait-elle proposé. Elle en gardait en permanence dans la cafetière qu'elle avait emportée dans sa valise. Elle en avait ri, avec un soupçon de timidité, le lendemain du jour de son arrivée à la Combe.

« Certains voyagent avec leurs livres. Moi, j'ai emporté ma cafetière ! »

Cette confidence avait amusé Ulysse. Au fil des semaines, il s'était intéressé à Marie-Rose. Sans être d'une grande beauté, elle était piquante, avec ses cheveux châtains tressés en couronne sur le sommet de la tête, son nez légèrement retroussé et sa bouche aux lèvres charnues. Surtout, Marie-Rose était pleine de vie, ce qui fascinait le poète. Il avait besoin de croire que rien n'était vraiment fini.

Le soir où, presque fortuitement, il avait posé la main sur l'épaule de Marie-Rose, elle ne s'était pas dégagée mais elle n'avait pas non plus esquissé de mouvement vers lui. Il n'avait pas osé insister. Lui-même se sentait déjà assez mal à l'aise de désirer une autre femme que Laurette. Il avait beau se répéter qu'il n'était qu'un homme, cette explication ne le satisfaisait pas. Il se serait voulu impassible et insensible, comme si Laurette avait tout emporté avec elle.

Lucrèce leva vers lui un regard embué.

— Tous ces jeunes hommes amputés, marqués à vie, ou morts... Je ne sais pas comment exprimer ce que je ressens, père... C'est une génération entière qui tombe.

Il garda le silence. Comme souvent, sa cadette et lui partageaient les mêmes sentiments.

Il posa la main sur l'épaule de sa fille.

— La guerre, Lucrèce... C'est peut-être bien le pire fléau, qui réveille les instincts meurtriers des hommes, et pourtant... quand on me fait lire les lettres de nos pauvres gars partis au front, je vois en filigrane le fatalisme, la résignation, plutôt que le désir de tuer. Nos « poilus » n'en peuvent plus. Trop de misère, trop de souffrances, des conditions de vie – ou, plutôt, de survie – inacceptables. La paix... si tu savais à quel point j'y aspire...

Lucrèce le devinait, elle qui revenait toujours apaisée d'une promenade à l'ombre de leurs oliviers. Elle caressait parfois furtivement le tronc de Noé, leur plus vieil arbre, à l'écorce ridée comme une peau d'éléphant, et se sentait mieux.

— Nos oliviers, reprit-il, ne nous appartiennent pas. Ils nous font l'honneur de se plaire sur notre terre. Si tu as compris ça, Lucrèce, tu as tout compris...

Elle n'avait pas encore dix-sept ans, ce jour-là, mais elle savait déjà qu'elle n'oublierait jamais cette conversation avec son père. D'une certaine manière, il l'avait choisie, elle, Lucrèce, pour prendre sa suite.

Le même amour de l'olivier les unissait plus sûrement que tous les liens du sang.

3

Novembre 1918

De village en village, les cloches sonnaient avec allégresse, relayant la nouvelle tant attendue : la guerre, cette guerre atroce, était enfin terminée !

Cependant, au « château », on ne parvenait pas à se mettre au diapason. Depuis plusieurs jours, le médecin et ses assistantes bénévoles luttaient pied à pied contre « la grande tueuse », la maladie dont on ne prononçait le nom qu'à voix basse, la grippe espagnole.

L'origine du nom elle-même était controversée. L'Espagne n'étant pas en guerre, elle diffusait des informations beaucoup plus librement qu'en France, en Allemagne ou en Grande-Bretagne, où sévissait la censure. On avait ainsi appris en juin 1918 que soixante-dix pour cent des habitants de Madrid avaient été touchés par la maladie en trois jours. De plus, en 1889, toujours en Espagne, une épidémie de grippe avait fait deux cent mille victimes. Sans parler d'une rumeur qui affirmait que les Allemands avaient répandu le virus en plaçant des bactéries dans des boîtes de conserve espagnoles...

En tout cas, quelle que soit son origine, le virus avait rapidement contaminé les soldats. On pensait que les Américains l'avaient importé en France. Le manque d'hygiène et la promiscuité régnant dans les tranchées auraient favorisé l'épidémie. Après une période d'accalmie durant l'été, les cas s'étaient de nouveau multipliés avec le retour du mauvais temps.

Cette terrible grippe avait poursuivi ses ravages malgré la signature de l'armistice, tant attendu.

Apollinaire, qu'Ulysse Valentin avait fait connaître à ses filles, était mort juste avant le 11 novembre, à l'âge de trente-huit ans.

« Ça n'en finira donc jamais ? » avait murmuré Ulysse, et, à son tour, Marie-Rose avait discrètement posé la main sur son épaule. Elle avait reçu des nouvelles de sa famille restée en Ardenne. Les derniers jours de la guerre avaient été marqués par des bombardements visant essentiellement des objectifs civils et par le dynamitage massif des ponts et des routes.

« Je ne retournerai plus là-haut », avait-elle pensé. A la Combe, elle avait retrouvé une certaine sérénité. Ce n'était pas le bonheur, non, plutôt la paix. Loin des souvenirs qui faisaient encore trop mal.

Impuissant, le docteur Mallaure avait constaté l'apparition des premiers symptômes de la maladie chez les blessés. Fièvre, courbatures, maux de tête, suivis, dès le lendemain, de complications pulmonaires. Il ne disposait comme remèdes que d'injections d'huile camphrée et d'aspirine. Les malades souffraient beaucoup pour expectorer du sang avant de sombrer dans une léthargie qui engageait le pronostic vital. Rares étaient les survivants. Il fallait mener une course contre la montre pour tenter d'enrayer l'épidémie. Port de masques, désinfection des locaux, de la literie, des instruments... Deux femmes étaient employées à plein temps pour assurer la blanchisserie. Protégées par des gants, des masques et des blouses, elles faisaient bouillir draps, serviettes et mouchoirs dans des cuveaux où elles avaient versé de l'eau de Javel. Le médecin avait donné ses instructions d'un ton sans réplique.

— Il faudra penser à prendre un peu de repos, osa lui dire Armide, au soir du cinquième jour après la déclaration des premiers cas.

Il la considéra sans répondre durant quelques instants. Elle était plus blanche que sa blouse et avait les yeux cernés de bistre. Elle dormait au « château », soucieuse de ne pas contaminer sa famille. Le docteur Mallaure lui avait enjoint à plusieurs reprises de rentrer à la Combe. Armide avait refusé systématiquement. Elle voulait tout partager avec lui, même si elle ne le lui avait pas dit de cette manière. L'épidémie les avait rapprochés. Elle admirait le médecin, ses connaissances, son humanité. Elle était éprise de l'homme, tout en se demandant s'il lui prêterait un jour quelque attention.

Etienne Mallaure soupira.

— Mademoiselle Valentin... je me reposerai lorsque mes malades seront debout. Nous nous connaissons suffisamment, à présent, pour que vous l'ayez compris, je pense ?

Elle s'empourpra sous son regard perçant mais s'obstina :

— Vous serez bien avancé quand vous tomberez à votre tour.

Il haussa les épaules, comme s'il était persuadé d'être immunisé contre le terrible virus.

— Nous aviserons en temps voulu, éluda-t-il.

Le lendemain, il brûlait de fièvre.

La grande salle du « château » évoquait un mausolée. Chaque lit, protégé par des rideaux, abritait une souffrance.

« Je voudrais tant les sauver tous », pensa Armide avec force.

Sœur Marie-Antoinette et elle, épargnées – pour combien de temps ? –, restaient les seules valides de l'équipe du docteur Mallaure. Madame Pierson était venue dans l'intention louable de leur porter assistance, mais l'état comateux d'un fantassin au visage et aux doigts cyanosés l'avait fait fuir.

« Je suis désolée, je ne tiendrai jamais », avait-elle murmuré.

Armide et la religieuse se comprenaient. N'avaient-elles pas conseillé à Lucrèce de rester à la Combe ? C'était bien assez qu'une fille Valentin risque d'attraper la grippe espagnole ! Le temps des olivades était revenu, leur père avait besoin de Lucrèce à ses côtés.

Armide se pencha au-dessus du docteur Mallaure. Son visage était rouge mais elle avait réussi à faire baisser un peu la fièvre avec des enveloppements froids et de la quinine, qu'elle préférait à l'aspirine.

Sœur Cyprien lui avait confectionné un sirop expectorant à base d'eucalyptus qui semblait enrayer les complications pulmonaires chez le médecin et chez un autre patient, le soldat Duval. Armide priait, tout en vaquant à ses occupations. Elle essuya le front du docteur Mallaure, épiant avec terreur le moindre signe de cyanose. Il tenta de lui sourire, esquissa en fait une grimace.

— Merci, souffla-t-il d'une voix rauque, méconnaissable.

Elle humecta ses lèvres sèches. Elle n'avait pas peur pour elle, à la différence d'autres bénévoles, qui étaient retournées précipitamment chez elles.

Elle n'avait qu'un désir, le sauver.

Il avait gelé, la veille. Une fine couche de givre recouvrait encore la cour du mas. Le sommet du Ventoux était saupoudré de neige.

— Il est temps, déclara le maître au moment du coucher.

Lucrèce n'attendait que ce signal. Elle avait bien remarqué que les fruits étaient mûrs, mais il fallait que son père décrétât lui-même l'olivaison, la récolte des olives.

Elle se hâta de porter la nouvelle aux filles Champayé et aux sœurs Eloi. Il avait été en effet convenu qu'elles viendraient « oliver » à la Combe.

La Combe aux Oliviers

Le lendemain, au lever du jour, les cueilleuses étaient déjà à pied d'œuvre dans les « olivettes » avec leurs « cavalets », leurs larges échelles à trois pieds. Chaudement vêtues, les mains protégées de mitaines noires qui laissaient les doigts libres, les jeunes filles portaient chacune un panier accroché à la ceinture. Elles n'avaient pas besoin de parler pour se répartir la tâche, chacune ayant sa spécialité. Gilette Eloi, la plus agile, se perchait sur les branches mères tandis que sa sœur Ombeline restait agrippée à son échelle. Lucrèce se chargeait des branches les plus élevées et utilisait pour ce faire le cavalet de son grand-père, plus haut que celui des femmes. Le maître, pour sa part, ne laissait à personne le soin de gauler ses oliviers à l'aide d'une perche de noisetier coupée sept jours – pas un de plus, pas un de moins ! – après la pleine lune.

Il aurait fait beau voir qu'un ou une maladroite s'avise de faire tomber les jeunes rameaux qui porteraient des fruits l'année suivante !

Il aurait eu besoin de beaucoup plus de cueilleuses, la récolte s'annonçant exceptionnelle.

« Ne t'inquiète pas, père, lui avait promis Lucrèce. Nous ferons du bon travail. »

Juchée en haut de son échelle, la jeune fille éprouva un sentiment grisant de liberté. Elle cueillait à la main, d'un geste sûr, les fruits presque noirs, en prenant bien garde de ne pas les blesser de ses ongles, pourtant coupés court. Lucette Champayé utilisait une protection en corne de chèvre recouvrant ses doigts.

La Combe aux Oliviers

« Je peigne, ça va plus vite ! » affirmait-elle, mais Lucrèce aimait à garder le contact avec ses olives à la peau mince et craquante. Chaque fois que son panier était plein, elle détachait la ceinture, liait son anse avec celle-ci, le faisait descendre de l'arbre et demandait aux « oliveurs de terre » de le lui vider avant de le faire remonter par le même moyen.

Les jeunes filles, concentrées sur leur travail, parlaient peu. Il faisait encore très froid, et l'onglée menaçait leurs doigts gourds. Aussi accueillaient-elles avec plaisir Marie-Rose venue leur apporter du pain, du saucisson, et du café bien chaud.

Les cueilleuses et le maître improvisèrent un pique-nique alors que dix heures sonnaient au clocher du village.

— Je vous aiderai à trier, proposa Marie-Rose.

Elle n'osait pas encore pratiquer la cueillette, de crainte de se montrer maladroite. Elle avait un jour fait remarquer à ses hôtes : « Vos oliviers, c'est si nouveau pour moi ! Parlez-moi plutôt de chênes ou de sapins ! »

Hermance n'avait pas le moindre souvenir de son pays natal. Aussi, parfois, le soir, Marie-Rose prenait sa fille sur ses genoux et lui racontait les légendes d'Ardenne. L'histoire des quatre fils Aymon, Renaud, Allard, Guichard et Richard, fascinait la petite fille. Elle imaginait les fils du duc Aymon, fuyant la fureur de Charlemagne sur Bayard, leur cheval-fée. Sa mère lui relatait aussi la légende des Dames de Meuse. Les trois filles du comte de Rethel, épouses infidèles des trois fils du seigneur de Hierges, partis guerroyer en Terre sainte, avaient été pétrifiées pour l'éternité et transformées en collines boisées en châtiment de leur trahison.

A trois ans, Hermance se laissait bercer par la voix de sa mère sans réellement comprendre tout ce qu'elle lui racontait. Mais s'imprimaient dans son esprit des images de forêts denses et impénétrables, des ciels couleur d'ardoise et des brumes un peu magiques. Un monde bien éloigné de celui de la Combe.

Le mistral se leva en début d'après-midi, rendant la cueillette plus difficile. Le froid s'engouffrait partout.

— Il fera beau demain, fit Lucrèce, comme pour se donner du courage.

La froidure était toujours préférable à la pluie, l'ennemie de l'olivaison. Perchée en haut de son olivier, la jeune fille apercevait le mont Ventoux et la route menant au « château ». Elle s'inquiétait pour sa sœur, même si elle n'abordait pas ce sujet avec son père. Elle se confiait plus volontiers à Marie-Rose. L'Ardennaise, âgée de vingt-huit ans, était de bon conseil. Lucrèce lui avait laissé entendre à mots prudents qu'attirée par le docteur Mallaure elle avait vite compris que ce dernier recherchait plutôt la compagnie d'Armide.

« C'est que ce n'était pas le bon ! » lui avait répondu Marie-Rose avec son franc-parler parfois brutal.

Lucrèce en avait convenu. Si elle avait vraiment aimé le médecin, elle aurait bataillé pour le séduire. Non, il s'agissait simplement d'un béguin, qui était déjà passé.

L'amour, le vrai, était ailleurs.

4

Décembre 1918

Dans son délire fiévreux, Etienne Mallaure avait seulement retenu une silhouette blanche et une main douce qui effleurait son front. Il savait qu'il s'agissait d'Armide. Un délicat parfum de lavande, plus fort que l'odeur des désinfectants, l'enveloppait.

Lorsqu'il s'était senti un peu plus fort et qu'il avait réussi à se lever, il lui avait interdit de s'occuper de lui. Pas question, en effet, de se laisser laver ou raser !

« Je regagne mes appartements comme un grand garçon », lui avait-il dit en souriant.

Armide, épuisée mais heureuse, était parvenue à sauver « ses » malades. Elle avait tout essayé, depuis les injections d'huile camphrée jusqu'aux massages à l'huile essentielle d'eucalyptus et aux tisanes de thym additionnées de miel de lavande. L'un après l'autre, les militaires rentraient chez eux. Ils étaient soulagés d'être encore en vie, mais on pressentait, face à leur visage las, leur regard blessé, qu'ils n'oublieraient jamais les années de guerre.

La Combe aux Oliviers

« Maintenant, il va falloir reconstruire », avait confié un gars du Nord à Armide. Un artilleur, qu'il avait fallu amputer d'un bras, rescapé de la grippe espagnole, et qui redoutait « l'après-guerre ». Il n'avait pas revu sa jeune femme depuis plus d'un an. Comment réagirait-elle devant son époux désormais manchot ?
« J'ai peur », avait-il soufflé.
Elle avait lu le renoncement dans ses yeux clairs. Elle aurait voulu le serrer contre elle, lui répéter qu'il était vivant, et que c'était ce qui comptait, mais elle craignait, elle aussi, d'être trop romanesque. L'épouse du gars du Nord avait dû faire face seule aux travaux de la ferme, à l'éducation de deux jeunes enfants et à la charge de sa belle-mère, âgée et impotente. De tout son cœur, Armide espérait que leur couple se reformerait sans trop de peine. Les deux années passées à l'hôpital du « château » lui avaient permis de mûrir.
Lorsque Etienne Mallaure fit quelques pas à l'ombre de l'allée de platanes, Armide respira, enfin. Il était bel et bien sauvé !
— Qu'allez-vous faire, désormais ? osa-t-elle lui demander.
Elle avait peur, soudain, horriblement peur. Il pouvait fort bien décider de retourner à Lyon, sa ville natale. Rien ne le retenait en Drôme méridionale.
Il écarta les mains devant lui.
— Exercer le métier que j'ai choisi, pour lequel je suis fait. A vrai dire, je n'ai pas d'autres compétences !
— Exercer ? Dans la région ? insista Armide.
Les deux jeunes gens échangèrent un regard hésitant. Déjà, Armide regrettait d'avoir ainsi brûlé ses vaisseaux. Ce n'était pas à elle de faire le premier pas.

En même temps, elle pressentait confusément que la guerre et l'épidémie avaient bouleversé les conventions sociales. Après tout, c'était peut-être Lucrèce, la rebelle, qui avait raison ?

— Je n'ai pas envie de vous voir partir, dit-elle, en soutenant son regard.

Elle l'aimait et désirait partager sa vie. La guerre était finie, ils n'avaient pas de temps à perdre s'ils voulaient rattraper toutes ces années volées.

Lucrèce comprit tout de suite en voyant le couple descendre de la jardinière du mas. Armide rayonnait. Sous ses cheveux sombres coiffés en bandeaux, ses yeux bruns brillaient. A ses côtés, Etienne Mallaure paraissait à la fois heureux et intimidé.

— J'arrive ! cria Lucrèce.

Elle dégringola les barreaux de son cavalet et se précipita au-devant des jeunes gens. Son chignon était défait, ses cheveux noirs croulaient sur ses épaules.

Etienne s'immobilisa. Depuis le premier jour, la beauté sauvage, le charme de Lucrèce l'avaient irrésistiblement attiré. Il s'en était défié, pourtant, car, en homme raisonnable, il fuyait les passions. Lucrèce, c'était la vie, une flamme incandescente à laquelle il refusait de se brûler.

En compagnie d'Armide, qui pourrait lui servir d'assistante, il mènerait l'existence paisible à laquelle il aspirait désormais.

Armide lui tapota le bras d'un geste impatient.

— Venez-vous, mon cher Etienne ? Mon père nous attend. Ma sauvageonne de sœur doit aller faire un brin de toilette avant de nous rejoindre...

— Il n'en est pas question ! répliqua Lucrèce, qui avait entendu la dernière phrase. Père serait le premier à te dire que les olives n'attendent pas. C'est déjà la deuxième fois que je repasse dans nos arbres. Non, je venais juste vous saluer et je grimpe à nouveau. Avez-vous vu, docteur Mallaure, nos olives, les avez-vous fait rouler dans la paume de votre main, avez-vous humé leur parfum ?

Debout derrière une longue table, Marie-Rose triait les fruits. Pour ce faire, elle utilisait des sortes de tiroirs en bois dans lesquels elle séparait avec soin les olives mûries sur les arbres de celles qui avaient été abîmées. Elle ôtait tous les végétaux, feuilles, brindilles et mousse, et prenait bien garde à ne pas mélanger les « olives de terre », celles qui étaient tombées, et les « olives de dessus ». Elle avait pris goût à cette tâche, qu'elle accomplissait en fredonnant.

Maurice, le valet, chargeait ensuite les plus belles olives dans des cagettes de bois ajourées, ce qui permettait aux fruits de « respirer », et les apportait au moulin. Il y avait maintenant trois semaines qu'il effectuait ces allers et retours plusieurs fois par jour, et l'olivaison parvenait seulement à son terme. Le maître s'était déclaré satisfait. « Une belle année », avait-il commenté en contemplant ses arbres avec émotion.

Marie-Rose s'essuya les mains à son grand tablier bleu et esquissa le mouvement de se diriger vers le mas.

— Vous boirez bien un petit café ? proposa-t-elle.

Armide fronça les sourcils.

— Le docteur Mallaure ne supporte pas le café. De plus, je suis à même de me servir dans la maison de mon père.

Les joues de Marie-Rose s'empourprèrent. On ne pouvait mieux lui faire sentir son statut intermédiaire, son absence de statut, plutôt, pensa-t-elle.

Lucrèce, qui avait tout entendu, redescendit aussitôt de son perchoir.

— Viens avec moi ! lança-t-elle, entourant d'un bras protecteur les épaules de son amie.

Elle éprouvait une profonde affection pour Marie-Rose, qui était arrivée à la Combe à cette période de l'adolescence où la présence maternelle lui manquait le plus. Armide, elle, était restée circonspecte un bon moment, observant la réfugiée avec défiance.

— Tu fais partie de notre famille, déclara Lucrèce avec force.

Marie-Rose ne répondit pas. Parfois, elle se disait qu'elle ferait mieux de repartir, mais la perspective de rentrer seule avec Hermance dans son pays dévasté l'effrayait. De plus, elle aimait la Combe, Lucrèce et le maître. Elle avait appris à s'arranger d'Armide. D'ailleurs, celle-ci ne tarderait pas à s'établir.

— Voici mes cueilleuses ! s'écria Ulysse Valentin avec bonne humeur.

Le visage d'Armide se ferma. Les oliviers, les olives... ne pouvait-on penser à autre chose, dans cette maison ?

Son père se leva du fauteuil paillé dans lequel il aimait à s'installer pour relire son cher Homère. Faraud, le chien truffier, s'ébroua. C'était un bâtard de griffon et d'épagneul, au talent exceptionnel pour « caver » malgré son jeune âge.

Le maître de la Combe tendit la main au médecin.

— Bienvenue au mas, docteur Mallaure. Vous sentez-vous tout à fait remis ?

Le contraste entre les deux hommes était frappant. Il émanait de la personne de l'oléiculteur une impression de force accentuée par sa haute stature, son port de tête et ses cheveux grisonnants, qu'il avait un peu trop longs, « à la Daudet », prétendait Lucrèce en souriant. A ses côtés, Etienne Mallaure paraissait presque frêle.

On s'assit à la grande table. Armide servit elle-même du vin de figues, qu'elle confectionnait chaque année. Marie-Rose s'était discrètement éclipsée dans sa chambre en compagnie d'Hermance, qui aurait bien voulu écouter la conversation des grandes personnes.

Lucrèce repartit dans son olivette. Elle ne pardonnait pas à son aînée sa sortie contre Marie-Rose. S'agissait-il de jalousie, de rivalité féminine, ou plus simplement du désir de s'imposer ?

Elle restait perplexe, et exaspérée.

Ulysse Valentin, demeuré seul avec Armide et Etienne, évoqua quelques banalités avant de poser les mains bien à plat sur la table de noyer patinée, au plateau adouci par des astiquages répétés.

C'étaient des mains d'homme de la terre, noueuses et marquées par le soleil.

Il sourit aux jeunes gens.

— Pour quand prévoyez-vous la noce ? s'enquit-il.

5

Avril 1919

Dès le premier jour de leur installation à Nyons, Armide avait aimé l'animation de la sous-préfecture. Etienne et elle habitaient rue des Bas-Bourgs et avaient la chance d'avoir un petit jardin attenant à leur maison qui, bâtie côté rivière, avait vue sur l'Aygues. Elle était fière de leur porte de style Renaissance, ornée d'un heurtoir en forme de corne d'abondance. Le rez-de-chaussée était réservé au cabinet d'Etienne et à son bureau. Au premier, la cuisine, la salle à manger et le salon, orné de gypseries, au second, leur chambre et une lingerie. Avec l'accord de son père, Armide avait emporté du mas deux fauteuils paillés ayant appartenu à sa mère, une chiffonnière et un coffret à dentelles. Lucrèce avait haussé les épaules.

« Fais bien comme tu l'entends. Moi, je ne quitterai jamais la Combe. »

« On dit ça... » avait pensé Armide, convaincue que sa cadette ne tarderait pas à suivre son exemple. Ne lui avait-elle pas lancé son bouquet de mariée au soir de ses noces ?

Etienne l'avait emmenée à Nice, un voyage qui avait ravi la jeune femme. Elle aurait été pleinement heureuse si seulement elle ne s'était pas tourmentée au sujet de la santé d'Etienne. Il souffrait en effet de troubles cardiaques provoqués par la grippe espagnole et devait respecter une hygiène de vie assez stricte. Pas de tabac, pas de sport, du repos... un « programme de vieillard », pestait son mari.

Armide devinait qu'il fumait sa pipe dès qu'il partait visiter ses patients, elle trouvait toujours des miettes de tabac au fond de ses poches de veston, et il refusait de mettre un frein à son activité. « Autant m'enterrer tout de suite », avait-il protesté lorsqu'elle lui avait rappelé les recommandations de son confrère lyonnais.

Ne parvenant pas à lui faire entendre raison, Armide effectuait ce qu'elle nommait par-devers elle « un tir de barrage ». Promue assistante médicale, elle recevait les patients au cabinet et répondait au téléphone. « Le docteur Mallaure ne consulte plus », annonçait-elle dès dix-sept heures. Pas dupe, Etienne « rallongeait » ses tournées en campagne, rentrant parfois après vingt-deux heures. Armide, aux cent coups, allait de la porte à la fenêtre, de la fenêtre à la porte, guettant le pas du cheval Passe-Partout. Les gamins de la rue, qui avaient remarqué son manège, riaient sous cape. Armide n'en avait cure. Le lendemain, elle partait faire son marché, son panier au bras, ses cheveux toujours coiffés en bandeaux, son chemisier au col montant fermé d'un camée. On parlait d'elle comme d'une dame, en ajoutant qu'elle n'était pas commode. De toute manière, une seule personne comptait pour Armide : Etienne.

Le dimanche après-midi, après la sieste, elle entraînait son époux vers la promenade de Vaux, bien abritée et fort fréquentée. Tous deux devisaient en remontant l'allée des Palmiers. Armide évoquait la Combe, l'avenir de sa sœur, qui la préoccupait. Avait-on déjà vu une jeune fille se passionner ainsi pour la culture des oliviers ? Et Etienne, indulgent, glissait que Lucrèce finirait bien par se marier, elle aussi. Après tout... elle n'avait que dix-huit ans !

« Tranquillisez-vous, ma chère, lui disait-il. Lucrèce fera ses choix de vie comme tout un chacun. C'est une jeune fille avisée sous ses allures de cavale sauvage. »

Quand il parlait ainsi de sa jeune belle-sœur, Armide lui jetait un coup d'œil inquiet. Elle avait toujours su que Lucrèce était plus belle qu'elle, avait plus de charme et de personnalité. Pour cette raison, elle avait longtemps eu peur qu'Etienne ne courtise sa cadette. A Nyons, elle se sentait plus en sécurité. Même si quelques kilomètres seulement séparaient la sous-préfecture de la Combe.

De la promenade ombragée de palmiers, la vue plongeait sur les toits de tuiles rosées et les champs d'oliviers, à perte de vue.

— J'aime ce pays, murmura Etienne.

Le climat particulièrement sain de la petite ville lui avait été recommandé. Il s'y sentait bien. Ses états de service au « château » avaient plaidé en sa faveur et il s'était très vite senti intégré à la vie de la commune.

Armide, elle, avait eu plus de peine. Son caractère réservé l'empêchait de faire les premiers pas. Elle n'avait donc que peu de contacts avec ses voisins directs. L'un était tailleur, l'autre professeur de piano.

Armide se sentait peu de points communs avec eux et ne cherchait pas à les fréquenter. Etienne et elle se rendaient une fois par semaine à la projection d'un film, place du Champ-de-Mars, au café du Kiosque. Ils avaient ainsi applaudi à plusieurs reprises le célèbre Max Linder.

Le cinéma fascinait Armide, toujours admirative face au progrès technique. Etienne se passionnait pour les reportages et autres documentaires. Il rêvait de se lancer de nouveaux défis en matière d'alpinisme, ce qui terrorisait Armide.

« Ma chère, lui disait-il parfois, pour parvenir à oublier tout ce que j'ai dû faire durant cette chienne de guerre, il faut que je me fatigue physiquement. Laissez-moi donc vivre à ma guise plutôt que de m'étouffer sous votre sollicitude. »

Le verbe avait blessé Armide. Elle rêvait d'une fusion parfaite avec son époux et se découvrait importune. La guerre avait encore laissé plus de marques qu'elle ne le pensait.

« Un jour, se promettait-elle, il m'aimera comme je l'aime. »

Les oliviers de la Combe, frissonnants sous les assauts du vent, formaient une mer, dont la couleur se nuançait d'argent.

La Combe aux Oliviers

Les ouvriers agricoles avaient effectué les labours de printemps, après qu'il eut plu, selon les instructions du maître. A présent, Ulysse et Lucrèce, armés de leur sécateur, s'attaquaient à la taille. Pour ce faire, ils suivaient des règles ancestrales, transmises de génération en génération. Leurs sécateurs étaient bien affûtés pour que les coupes soient nettes et leurs lames passées à l'alcool afin d'éviter la transmission des parasites. Lucrèce savait qu'il convenait d'éliminer en priorité les rameaux ayant porté des fruits l'année précédente et d'éclaircir le feuillage. Le soleil devait atteindre les rameaux mais le sol devait rester à l'ombre. Ce n'était pas une science, plutôt une connaissance de l'arbre, basée sur l'observation et une sorte de sixième sens. Comme son père, Lucrèce prenait parfois du recul, pour mieux juger du résultat d'ensemble, mais n'hésitait pas. Chacun des oliviers qu'elle taillait avait une forme harmonieuse. Elle veillait à ce que les ouvriers ramassent aussitôt les taillées et les entassent dans des sacs de jute. Ceux-ci partaient ce même jour à destination de Marseille, où ils iraient nourrir les vaches des étables du port. Après séchage et tri, d'autres sacs étaient vendus aux herboristes, la tisane de feuilles d'olivier étant réputée faire baisser la tension.

Lucrèce en gardait aussi un peu pour les quelques chèvres dont elle s'occupait, qui en étaient friandes.

La jeune fille respira une longue goulée d'air avant de reprendre sa taille. Elle aimait ce temps. Le mistral avait chassé les nuages des derniers jours. Même si Marie-Rose affirmait qu'elle ne s'habituerait jamais à ce « vent du diable », elle devait reconnaître qu'il leur épargnait brouillard et averses fréquentes.

« J'ai mal jusque dans mes os », se plaignait-elle parfois, elle qui était pourtant rude à la tâche.

Lucrèce esquissa un sourire. Marie-Rose avait fait preuve d'indépendance au cours des derniers mois, et son père donnait l'impression de ne pas avoir compris ce qui se passait. D'abord, la réfugiée avait appris le métier de cartonnière auprès d'Eulalie, une habitante du bourg. Elle savait en effet que les cartonnages de Valréas donnaient de l'ouvrage à la plupart des femmes de la région. Ce n'était pas si compliqué et la mère d'Hermance était habile de ses mains.

Installée dans sa chambre, Marie-Rose confectionnait des boîtes, en songeant que, sans les mots d'Armide, elle ne se serait jamais lancée dans cette aventure.

C'était important pour elle, pourtant. Elle avait besoin d'argent pour ne pas se sentir une éternelle assistée, dépendant de la générosité des Valentin.

« Quelle idée, Marie-Rose ! » avait commenté le maître en la voyant rapporter au mas tout son matériel, ciseaux, moules, rouleaux en bois, pinceaux et colle.

« Vous n'avez pas besoin de travailler, vous êtes chez vous, à la Combe.

— Précisément, non ! » avait répliqué Marie-Rose, les yeux virant à l'orage.

Ulysse Valentin était retourné dans son bureau sans mot dire. Deux jours plus tard, il lui avait confié l'attirance qu'il éprouvait pour elle. Sans cependant lui proposer le mariage. Depuis le premier jour,

La Combe aux Oliviers

Marie-Rose avait compris que pour les filles, pour les gens du pays et même pour Ulysse, il ne devait y avoir qu'une madame Valentin. Laurette.
Elle avait répondu :
« Je ne sais plus très bien si je crois encore en Dieu. Aussi bien... vivre dans le péché ne me fait pas peur. »
Cette nuit-là, ils avaient tous deux eu le sentiment de revivre après un long hiver.

Une foule nombreuse, avide de sensations nouvelles, se pressait sur le champ de courses de Montélimar, qui accueillait le premier meeting d'aviation de la saison. Etienne, qui venait de faire l'acquisition d'une Renault, avait invité son beau-père et sa belle-sœur à les accompagner.
C'était une véritable expédition, et Marie-Rose leur avait préparé un pique-nique conséquent.
« Si le cœur t'en dit... je peux rester à la Combe et garder Hermance », lui avait proposé Lucrèce.
Son amie avait secoué la tête.
« Merci, ma grande. Je préfère demeurer ici, au frais. Tu sais, moi, le progrès technique, ça me fait un peu peur ! Et puis, j'ai mes boîtes pour me tenir compagnie. »
L'automobile donnait l'impression d'avaler les kilomètres. Blottie à l'arrière au côté d'Armide qui gardait un silence obstiné (avait-elle peur, ou bien la présence de sa famille lui pesait-elle ?), Lucrèce découvrait de nouveaux aspects d'un paysage pourtant familier. Les travaux de restauration du château de Grignan, entrepris dès 1912 alors que les ruines du bâtiment

vous serraient le cœur, étaient en bonne voie d'achèvement grâce à madame Fontaine, mécène et artiste. Perché, le château dominait la plaine et le village. La vue offerte de la route de Valréas émouvait toujours Lucrèce.

La route filait ensuite vers un horizon brumeux, un ciel de pastelliste. Lucrèce, qui n'était pas allée à Montélimar durant la guerre, trouva la ville modernisée. De nouveaux magasins, dont une épicerie Félix Potin, avaient ouvert leurs portes dans la Grande Rue, les nougatiers semblaient prendre de plus en plus d'importance.

— J'aimerais vivre ici, murmura Armide.

Lucrèce ne souffla mot. Ses olivettes lui manquaient déjà.

En revanche, elle s'intéressa d'emblée aux monoplans dont les démonstrations les enthousiasmèrent. Les prouesses des aviateurs, durant la guerre, avaient suscité un engouement qui perdurait. Armide jeta un regard défiant aux élégantes qui étrennaient la dernière création de leur modiste.

— Nous ne sommes pas assez habillées, déplora-t-elle.

Lucrèce, insouciante, haussa les épaules. Fascinée, elle observait une silhouette masculine vêtue d'un long manteau ciré, le chef surmonté d'une casquette avec visière, qui mettait son avion en position de départ. Autour de lui, les mécaniciens effectuaient les dernières vérifications. L'inconnu s'installa dans le cockpit tandis que les mécanos lançaient l'hélice.

Etienne se rapprocha de Lucrèce.

La Combe aux Oliviers

— C'est Adrien Baussant, lui chuchota-t-il. Un as de la guerre, l'un des premiers à avoir obtenu son brevet de pilote. Il est de Dieulefit, je connais sa famille.

Lucrèce ne répondit pas. Cet homme, là-bas, l'attirait alors qu'elle ignorait jusqu'au son de sa voix, jusqu'à la couleur de ses yeux.

Son cœur se serra lorsqu'il décolla. Elle avait déjà compris que, pour Adrien Baussant, seule comptait la conquête du ciel.

6

Septembre 1920

La fenêtre de leur chambre, à la Villa Myrielle, ouvrait sur le parc, ombragé de cèdres au port majestueux, mais Lucrèce avait beau se pencher au risque de basculer et de se rompre le cou, elle n'apercevait aucun olivier. Lacune qui faisait sourire Adrien, son mari.

« Regarde-moi ! Tu gagnes au change, non ?

— Je ne sais pas », répondait-elle, et elle ne plaisantait pas.

Elle se demandait encore parfois pourquoi elle avait accepté aussi vite d'épouser l'aviateur. Leur échange de regards, le premier jour, sur le terrain d'aviation de Montélimar, avait été déterminant. Lucrèce, qui ne s'était jamais particulièrement intéressée aux monoplans ou aux biplans, avait pourtant suivi les évolutions d'Adrien Baussant dans le ciel drômois. Il s'entraînait avant de tenter de rallier Grenoble.

Lorsqu'il s'était de nouveau posé sur le champ de courses montilien transformé en terrain d'aviation, il avait tout de suite cherché la jeune fille des yeux. Il avait coupé les gaz et, sautant du cockpit, avait laissé le soin à son mécanicien, « Marsouin », d'effectuer les contrôles nécessaires. Lucrèce avait éprouvé une sorte de vertige en le voyant s'avancer vers elle à grands pas, la casquette à la main. Il s'était légèrement incliné.

« Bonjour. Adrien Baussant. Je serai le plus heureux des hommes si vous voulez bien m'épouser. »

C'était pure folie. Pour cette simple raison, elle avait dit « oui », une semaine plus tard.

Son père avait bien tenté de la mettre en garde, en vain. Il lui avait rappelé qu'Adrien et elle ne se connaissaient pas vraiment, que le coup de foudre ne durait pas, qu'elle n'était pas faite pour devenir l'épouse d'un pilote et, surtout, que la Combe et les oliviers lui manqueraient trop. Elle l'avait patiemment écouté, sans parvenir cependant à lui dissimuler que ses arguments la laissaient indifférente. D'ailleurs, il ne s'agissait pas d'un coup de foudre mais d'une passion. Ulysse Valentin, le cœur lourd, s'était incliné. Au demeurant, Adrien était un garçon agréable et séduisant. Mais il imaginait mal Lucrèce, *sa* Lucrèce, mariée, partant pour Dieulefit. En tant que fils aîné d'une famille de mouliniers, Adrien, en effet, travaillait à la fabrique dieulefitoise durant la semaine, consacrant ses dimanches à sa passion pour l'aviation.

Marie-Rose avait glissé à Lucrèce : « Méfie-toi, ma grande. Tu ne seras jamais vraiment chez toi si vous habitez la demeure de ses parents. »

Adrien et ses trois sœurs aînées, elles-mêmes mariées et mères de famille, vivaient tous à la Villa Myrielle, située sur les hauteurs de Dieulefit, en compagnie des parents Baussant, Léon et Myrielle.

Lucrèce n'avait compris la mise en garde de Marie-Rose qu'après avoir fait la connaissance de toute la famille. Certes, on l'avait reçue avec courtoisie mais elle s'était sentie observée, examinée, détaillée sous toutes les coutures par la mère et les sœurs d'Adrien.

Lui, tout à la joie de lui faire découvrir la maison de son enfance, n'avait rien remarqué et, dès qu'il avait refermé sur eux la porte de sa chambre, l'avait attirée contre lui. Dans ses bras, sous ses baisers, Lucrèce était incapable de raisonner logiquement. Elle aimait Adrien, il l'aimait... le reste importait peu !

Ils s'étaient mariés à la Combe ou, plutôt, Ulysse les avait mariés à la mairie du village avant que le père Théophime ne les unisse dans la chapelle perchée au-dessus de Roussol. Depuis le porche, la vue embrassait les champs d'oliviers des Valentin et le toit du mas.

Le matin de son mariage, Lucrèce n'avait pas manqué d'aller saluer Noé, le plus vieil olivier, sous le regard embué de son père.

Debout sur le seuil du mas, Marie-Rose avait essuyé la larme qui roulait sur sa joue. Lucrèce était si belle dans sa robe de soie blanche confectionnée par la couturière de Nyons que la réfugiée avait soudain eu peur pour elle. Elle-même s'était mariée, dix ans auparavant, avec son Lucien. Tous deux pensaient que le monde leur appartenait. La guerre était venue tout balayer.

Le maître du mas avait rejoint Marie-Rose, posé la main sur son épaule, comme s'il avait cherché un soutien sans oser le dire.

« Elle est belle, ma fille », avait-il murmuré, d'une voix assourdie par l'émotion.

Marie-Rose avait incliné la tête en silence. Ulysse et elle, blessés par la vie, se comprenaient à demi-mot. Elle l'avait laissé arpenter seul ses olivettes après le départ des mariés dans la Citroën d'Adrien. La noce s'était déroulée sans fausse note. Marie-Rose, aidée par deux femmes du village, avait tout préparé. Les tables dressées sous les arbres, recouvertes de nappes brodées au chiffre de Laurette Valentin, la succession de plats, escargots, chevreau aux olives, aïoli, daube d'agneau, fromages de chèvre, bombe glacée, les petits bouquets de lilas garnissant les tables, la « musique » d'Achille, le violoneux... Armide elle-même avait le sourire, ce jour-là ! Et quand Lucrèce avait ouvert le bal au bras de son père, Marie-Rose avait fait un peu trop de bruit en empilant les assiettes pour dissimuler son émotion.

Un frisson avait parcouru le feuillage des oliviers au départ de la Citroën d'Adrien. Lucrèce, la tête à la portière, agitait la main. Ulysse avait laissé Marie-Rose et les deux femmes du village tout ranger et nettoyer. Enfermé dans son bureau, il écoutait Schubert sur le vieux gramophone de Laurette. Il se sentait vieux. Et seul, terriblement seul.

La Combe aux Oliviers

Adrien, torse nu, sortit de la salle de bains attenante à leur chambre en s'essuyant. Ses cheveux châtains bouclaient sur son front. Il sentait bon « Mouchoir de Monsieur », un parfum qui semblait avoir été créé spécialement pour lui.

— Pas encore prête ? s'étonna-t-il.

Lucrèce fit la moue. La perspective de se rendre au baptême de Lucas, le dernier fils d'Anne, la sœur numéro deux d'Adrien, ne l'enthousiasmait guère. Pour Adrien, cependant, elle se força à sourire.

— Je me dépêche, promis.

Elle avait posé sur le lit un ensemble de shantung couleur pêche.

— Ça te plaît ? demanda-t-elle en le plaçant devant elle.

Elle ne portait qu'un caraco de soie ivoire qui mettait en valeur ses seins hauts et son teint délicatement hâlé.

— C'est toi qui me plais, fit Adrien en l'attirant contre lui.

Il l'aimait. Tout en pressentant qu'elle n'était pas vraiment heureuse à la Villa Myrielle. Lucrèce était trop indépendante pour s'adapter aisément à une famille qui aimait à vivre en tribu depuis deux générations. Adrien était décidé à trouver une autre maison, sans pour autant s'éloigner de ses hangars où « Marsouin » et lui bichonnaient son biplan.

Lucrèce devrait être patiente, c'était une question de mois.

Il la fit basculer sur le lit.

— Que dirais-tu si je t'apprenais à piloter ? demanda-t-il.

Elle lui échappa, se releva sur un coude.

— Quand tu viendras faire la taille avec moi. Ou l'olivaison, peut-être ?

Elle s'amusait à le défier, provocante et follement attirante.

Il enfouit le visage dans ses cheveux.

— Lucrèce... je t'aime comme un fou, gémit-il.

Lucrèce sauta de son vélo et se précipita vers Noé, son confident des bons et des mauvais jours. Elle éprouvait un manque physique de la Combe, de ses arbres, passait ses journées à tourner en rond, en se sentant inutile. Par loyauté vis-à-vis de son mari, cependant, elle préférait se taire, même si elle ne se sentait pas intégrée à la Villa Myrielle. Ses belles-sœurs avaient toujours vécu dans le monde du moulinage. Elles parlaient d'ouvrières qu'elles connaissaient, du local des échantillons, des exportations... Ou bien se passionnaient pour la kermesse et le tournoi de tennis auxquels elles participaient. Il n'y avait pas de place pour Lucrèce dans leur univers, et ce bien qu'elles lui aient réservé un bon accueil.

La jeune femme refusait de se confier également à son père. « On ne transplante pas si aisément un olivier », lui aurait-il dit, en lui rappelant, comme fortuitement, toutes les règles à respecter.

Lucrèce le savait bien, tout en éprouvant le besoin irraisonné de retourner à ses racines. Encore plus cette nuit...

Le silence était absolu, mais il n'avait jamais effrayé Lucrèce. Qu'aurait-elle eu à redouter parmi ses oliviers ? Elle s'essuya les yeux. Elle avait peur de tout autre chose. De l'agacement qu'elle ressentait parfois en constatant les liens étroits qui unissaient Adrien à sa famille. Elle, lui semblait-il, se sentirait toujours « la branche rapportée ». Elle rêvait d'une maison à eux, mais son mari, qui avait beaucoup investi dans ses avions, manquait de liquidités. Elle se sentait prise au piège, le supportait mal.

Un caillou roula derrière elle, la faisant tressaillir. Elle se retourna vivement, reconnut la silhouette familière qui la rejoignait. Dans sa chemise de nuit blanche, sa longue natte lui battant les reins, Marie-Rose paraissait étonnamment juvénile. Elle éleva sa lampe-tempête à hauteur du visage de Lucrèce.

— Je savais que c'était toi ! s'écria-t-elle.

Les deux femmes s'enlacèrent.

— Viens à la maison, proposa Marie-Rose.

— Je ne veux pas réveiller père...

— Il n'y a pas de risques ! Dans son premier sommeil, il ronfle si fort que le mas pourrait s'effondrer sans même qu'il s'en rende compte. Viens donc. Un bon tilleul te fera du bien.

C'était *ici* chez elle, pensa Lucrèce, en caressant du regard les meubles en noyer patinés. La panetière et le pétrin du siècle dernier en bois blond, ornés d'épis de blé, la pile au dosseret carrelé, surmonté d'une étagère, constituaient son décor familier, dans lequel elle avait grandi.

— Fais-moi plutôt un bon café, demanda-t-elle à Marie-Rose.

Son amie lui sourit.

— Tu sais, les premiers mois, on ne supporte pas toujours l'odeur du café...

Les joues de Lucrèce s'empourprèrent.

— Marie-Rose ! J'ai toujours pensé que tu devais être un peu sorcière !

— C'est pour quand ? insista l'Ardennaise.

— Je n'ai pas encore vu la sage-femme. Adrien ne le sait pas. Ça doit faire... à peu près six semaines.

Marie-Rose compta sur ses doigts.

— La véraison commence, un bon point de repère. Ton petit devrait naître en avril prochain. Il verra les oliviers en fleur. Ma belle, plus question de t'ennuyer dans ta villa ! Tu as son trousseau à préparer, le berceau, ses petits draps à broder... Un enfant a besoin de savoir qu'il est attendu.

Lucrèce écarta les mains.

— Je ne sais pas coudre, à peine broder, même pas tricoter ! Et... j'ai bien peur que cela ne m'intéresse pas !

— Tu vas apprendre, coupa Marie-Rose, péremptoire. Pense au bonheur d'Adrien. Et ton père... Seigneur ! Il va rêver d'un petit-fils !

— Petit-fils ou petite-fille, il n'aura pas le choix.

Lucrèce, rassérénée, sourit à son amie.

— En tout cas, c'est toi que je veux pour marraine, et personne d'autre.

— Tu verras ça avec Adrien, coupa Marie-Rose, gênée d'être brusquement aussi émue.

Les deux femmes burent leur café, lentement, heureuses d'être ensemble et de partager le secret de Lucrèce.

— Tu dors ici ? suggéra Marie-Rose.

Lucrèce secoua la tête.

— Non, je retourne à Dieulefit. Adrien est allé à Grenoble chercher des soutiens financiers, il doit rentrer demain. Quinze kilomètres à vélo... ça me fera du bien.

— Prends soin de toi, ma grande.

— Promis.

Marie-Rose suivit des yeux la bicyclette qui remontait l'allée avant de bifurquer sur la droite. Elle aimait tant Lucrèce ! Elle aurait désiré lui épargner toute peine, en sachant que c'était impossible. Soucieuse, elle referma la porte du mas et regagna sa chambre après avoir déposé un baiser sur le front de sa fille. Contrairement à ce qu'elle avait pensé, Ulysse était réveillé. Il se tenait sur le seuil de sa propre chambre.

— Que se passe-t-il ?

Elle ne tenait pas à lui dévoiler le secret de Lucrèce mais elle ne savait pas non plus mentir. Aussi biaisa-t-elle :

— Lucrèce avait besoin de revoir le mas, et ses oliviers. Elle est repartie.

Ulysse Valentin poussa un énorme soupir.

— Lucrèce est faite pour vivre à la Combe, même si elle est amoureuse de son aviateur. L'amour... quelle billevesée !

Marie-Rose lui dédia un sourire moqueur.

— Vous avez tout à fait raison, monsieur Valentin. Bonne nuit !

Et elle lui ferma la porte de sa chambre au nez.

7

Avril 1921

— Pousse, petite ! l'encourage la voix familière.
Blottie au fond du grand lit, elle désirerait se couvrir la tête du drap, ne plus rien entendre. Elle a peur. Non pas de la douleur, déjà familière mais pas encore apprivoisée qui, venue de ses reins, lui fouaille le ventre, jusqu'à la nausée, mais plutôt de ses souvenirs.
« Demain. J'y penserai demain », s'est-elle promis le jour où elle a appris le drame. Depuis, elle a fait en sorte de refuser la vérité. Elle se rappelle une promenade, aux Vitrouillères, une autre à la grotte Baume-Saint-Jaume. Sa belle-mère, Myrielle, lui a offert son bras. Toutes deux devisent amicalement de l'enfant à naître. Elle se sent tout à coup membre à part entière de la famille Baussant. Parce qu'elle est enceinte ?
Elle se rappelle la nuit de Noël 1920, passée à la Combe. Armide et Etienne sont venus. Armide, imposante comme une matrone romaine, pointe son ventre en avant. La grossesse de Lucrèce se devine à peine.

« Grand-père deux fois dans l'année qui vient... je suis un homme heureux ! » commentait le maître.

A Marie-Rose seulement il a confié ses craintes. Son épouse est morte en couches. Il a peur, horriblement peur, que la tragédie ne se répète. Marie-Rose s'efforce de le rassurer, mais elle aussi s'inquiète. Lucrèce a perdu trop de poids depuis le début de sa grossesse. Le docteur Aubert – pas question de se faire ausculter par son beau-frère ! – a prescrit du quinquina pour fortifier la mère et l'enfant, mais Lydia, la sage-femme, a recommandé de prier saint Lambert, saint Benoît, sainte Marguerite, sainte Madeleine, sainte Anne et la Sainte Vierge, tous réputés favoriser les accouchements.

Lucrèce revoit la main d'Adrien osant à peine effleurer son ventre, elle l'entend chuchoter : « Bonjour, monsieur mon fils. » Et elle, têtue comme les chèvres de la Combe, de le provoquer : « Et si c'est une fille ? »

Elle se rappelle la coutume de « fermer l'ours », au début de février, à Dieulefit.

Adrien lui racontait qu'à quinze ans ses amis et lui barricadaient durant la nuit les maisons de personnes réputées être peu sociables, de véritables ours...

Elle l'imaginait, adolescent farceur, rêvant déjà de se lancer à la conquête du ciel.

— Elle s'en va... entend-elle, comme dans un brouillard.

Elle est si fatiguée... A quoi bon lutter, elle n'en a plus la force. Mais Marie-Rose lui fait avaler un peu de tisane faite avec de l'herbe de Sainte-Marie, ou tanaisie, réputée stimulante et antispasmodique. Elle lui fait aussi respirer de la gnôle du père Javot, qui doit titrer plus de soixante degrés. Lucrèce tousse, s'étouffe.

La Combe aux Oliviers

Elle se rappelle cette soirée, à Montélimar. Ils étaient une bonne douzaine à fêter le nouveau record battu par Adrien et elle avait goûté pour la première fois au champagne. Cette nuit-là, elle aurait voulu mourir de bonheur dans ses bras, sous ses caresses. Elle se rappelle leurs gémissements mêlés et ce cri, qu'ils avaient poussé en même temps. Elle se rappelle leur chambre à la Villa Myrielle, le papier peint bleu et blanc, une « fresque pompéienne », expliquait sa belle-mère avec fierté. Lucrèce préférait les murs chaulés du mas mais elle pressentait qu'il valait mieux ne pas l'exprimer à voix haute. Adrien lui-même n'aurait pas compris. Ayant toujours vécu dans la vaste demeure qui ressemblait plus à un chalet qu'à une bastide provençale, il ne partageait pas ses goûts en matière d'architecture ou de décoration. Peu lui importait, du moment qu'ils étaient tous les deux.

Elle se rappelle ce jour où il est parti en compagnie de « Marsouin » pour Grenoble. Elle avait eu des saignements la veille, le médecin lui avait recommandé le repos absolu. Elle entend encore Adrien lui promettre : « Après ce dernier meeting, je reste auprès de toi, mon amour. »

Elle ne sait plus si elle l'a cru. Il est tellement passionné par les avions ! Lorsqu'il lui a raconté sa rencontre avec Jean-Baptiste Salis, un autre « fou volant », comme dit sa sœur Michelle, qui projetait de créer une école d'aviation en montagne près du Pont-de-Claix, ses yeux brillaient d'excitation. C'était sa vie...

— Poussez ! répète Lydia.

Des mains douces lui massent le ventre, les reins. C'est Marie-Rose, assurément. Marie-Rose, qui sait les choses, ou les devine.

— Le docteur Aubert va arriver d'un instant à l'autre, lui dit-elle.

Elle garde pour elle le fait qu'Ulysse, fou d'angoisse, a attelé la jardinière et a ramené lui-même le médecin, qui consultait à Valréas.

Lydia échange avec elle un regard inquiet. Cet enfant ne se décide pas à venir, et Lucrèce n'a plus de forces. Comment s'en étonner ?

— Laissez-moi, proteste la parturiente quand Aubert veut l'ausculter.

Il s'obstine, constate lui-même que la délivrance n'évolue pas. Il ne supporte pas les coups d'œil implorants des deux femmes et du maître. Il sait, comme tout le monde dans la région, que Laurette Valentin est morte onze ans auparavant dans cette maison. Il n'a pas le droit à l'erreur. Il prend sa décision, vite :

— Il faut opérer, explique-t-il au maître de maison. Une césarienne. C'est le seul moyen de sauver la mère et l'enfant.

Ulysse Valentin fait peser sur lui un regard de pierre.

— Quelles sont les chances de ma fille ?

Il ne veut pas penser à l'enfant pour l'instant. Seule compte Lucrèce.

Aubert se trouble, énonce des chiffres qui affolent Ulysse et Marie-Rose.

— Il n'y a pas d'autre solution ? ose demander Marie-Rose.

Chez elle, le père glissait des pièces dans la main de la sage-femme pour « acheter l'enfant ». Cela lui paraît si loin.

La Combe aux Oliviers

Il est déjà presque trop tard. Elle remarque le visage de Lucrèce, plus blanc que les draps, sa tête qui bascule sur l'oreiller...

— Allez-y ! lance-t-elle au médecin, ne supportant plus de voir le regard éperdu d'Ulysse.

Lucrèce souffre trop pour s'alarmer. Dans un brouillard cotonneux, elle a reconnu Etienne et Armide, tous deux vêtus de blouses blanches, comme le docteur Aubert, un calot sur la tête. On l'a transportée dans le bureau de son père, transformé en salle d'opération, allongée sur la grande table recouverte d'une alèse et de draps immaculés. Elle sent l'odeur si particulière du phénol et celle, plus douceâtre, du chloroforme.

— Je suis là, lui souffle Marie-Rose, vêtue de blanc, elle aussi.

Elle lui serre la main, fort. Lucrèce se sent soulagée parce que, avec Marie-Rose, elle est capable d'affronter n'importe quelle situation. Son père a disparu. Elle l'imagine réfugié dans ses olivettes, tournant et retournant, fou d'angoisse. Elle entend vaguement Etienne et le docteur Aubert insister sur l'asepsie et sur la voie Pfannenstiel d'incision transversale de l'abdomen. Elle a peur, soudain. Pas pour elle mais pour son enfant. Elle veut ouvrir la bouche, demander que les médecins discutent avec Adrien. Et puis, brusquement, elle se souvient. De ce meeting aérien à Grenoble, auquel elle n'a pu se rendre, à cause de sa grossesse avancée. Du baiser d'Adrien sur son ventre. De la journée passée à lire au coin du feu, tandis que le vent soufflait en rafales rageuses, et de cet appel téléphonique, en début de soirée. La voix de « Marsouin », assourdie, méconnaissable, lui annonçant l'accident, la chute du biplan d'Adrien.

Juste avant de sombrer, elle hurle. Un cri terrifiant, venu de son ventre. Elle se souvient de tout. Adrien, son amour, est mort.

Etienne a opéré si souvent durant la guerre qu'il devrait garder son sang-froid. Mais aujourd'hui, c'est différent. Il s'agit de Lucrèce, sa belle-sœur, qu'il aurait volontiers épousée s'il ne s'était autant défié de la passion. Il s'agit de Lucrèce, sur laquelle il va procéder à une césarienne. L'intervention la plus redoutée, la plus risquée aussi. Il sait, en effet, comme son confrère Aubert, que la césarienne, longtemps pratiquée post mortem, est extrêmement meurtrière. En Angleterre, le taux de mortalité était de quatre-vingt-cinq pour cent au XIXe siècle, ceci avant que le chirurgien italien Eduardo Porro ne définisse en 1878 un protocole strict, basé sur la désinfection des mains, la toilette de la cavité abdominale et la mise en place d'un garrot autour du segment inférieur de l'utérus, dans le but d'éviter l'hémorragie mortelle. A Lyon, juste avant la guerre, il a assisté à une intervention d'avant-garde, une césarienne segmentaire sous-péritonéale. Celle-ci permettant de sauvegarder l'utérus tout en minimisant les risques d'infection.

Il échange un regard tendu avec Aubert avant de se pencher et d'inciser l'abdomen gonflé. Il n'a plus peur. Il désire seulement sauver Lucrèce et son enfant.

8

Mai 1921

A la Combe, elle cherche le papier peint de la villa Myrielle. Comme pour tenter de remonter le temps. Mais c'est impossible, elle le sait bien.
Confortablement installée dans son lit de jeune fille, accotée aux oreillers, Lucrèce joue à « la précieuse qui reçoit dans sa ruelle », mais le cœur n'y est pas. L'opération a laissé des traces, bien que la jeune femme ait échappé à l'infection. A moins que ce ne soit la réalité qui l'ait rattrapée ? A son réveil, nauséeux et douloureux, elle a découvert, émerveillée, son enfant, une petite fille de huit livres aux cheveux noirs. Elle a tout de suite pensé à son père, qui n'aurait pas de petit-fils cette fois-ci, mais Ulysse Valentin avait eu si peur qu'il se moquait bien du sexe de son premier petit-enfant. Deux fois par jour, Etienne ou le docteur Aubert venait changer ses pansements. Elle n'avait presque pas de lait et Marie-Rose, jamais à court d'idées, avait nourri la petite fille au lait de chèvre, réputé le plus sain.

Elle l'avait appelée ainsi pendant trois jours, « la petite fille », ne parvenant pas à lui choisir un prénom, attendant... elle ne savait quoi, un signe d'Adrien ?
Elle l'entendait encore parler de son fils. « Aurélien, avait-il déjà décidé, comme mon arrière-grand-père, celui qui a créé la fabrique. »
Le troisième jour, elle se décida pour Aurélie.
Son ventre la faisait de plus en plus souffrir. Son père avait imaginé un système astucieux de poulie pour lui permettre de se redresser plus facilement dans son lit. Elle se sentait entourée d'amour sans que cela l'aide pour autant à surmonter le sentiment de vide qui la submergeait. « Aurélie... nous restons dans la tradition antique », avait commenté Ulysse Valentin.
La famille d'Adrien l'avait laissée reprendre des forces avant de venir faire la connaissance du bébé. Les médecins avaient imposé de telles conditions d'asepsie que Myrielle et Léon Baussant n'étaient pas montés dans la chambre de leur bru. Ils lui avaient fait porter des pâtes de fruits, des fromages de chèvre, dont elle était friande, même durant sa grossesse, et du champagne, qui était pour Myrielle le meilleur reconstituant.
Reposez-vous bien, ma chère enfant, nous vous embrassons avec toute notre affection, avait écrit Myrielle. Lucrèce avait laissé tomber la carte joliment ornée d'une aquarelle représentant le village fortifié du Poët-Laval, situé à quelques kilomètres de Dieulefit.
Elle était si lasse que plus rien ne l'intéressait, excepté Aurélie, qu'on lui amenait plusieurs fois par

jour. Il était encore trop tôt pour se livrer au jeu des ressemblances et, d'ailleurs, elle n'en avait pas envie. Oublier. Elle souhaitait désespérément oublier les deux années écoulées.

Marie-Rose vérifia d'un coup d'œil qu'Angèle, la petite bonne, avait bien astiqué les pièces de réception conformément à ses instructions. Après un mois de convalescence, Lucrèce avait obtenu des médecins l'autorisation de recevoir sa belle-famille. Elle redoutait cette épreuve, sans souhaiter pour autant s'y soustraire. Elle devinait en effet que l'émotion serait à son comble et avait requis la présence à ses côtés de son père et de Marie-Rose.

Hermance était à l'école. La découverte de la lecture lui avait ouvert un univers merveilleux et elle lisait tous les ouvrages que Lucrèce ou Ulysse lui donnaient. La comtesse de Ségur la ravissait, tout comme *La Semaine de Suzette*, que sa mère allait chercher chaque semaine à Valréas.

« Nous en ferons une femme savante », disait le maître de maison, et Marie-Rose éprouvait comme un vertige. Elle-même avait tant souffert de ne pouvoir poursuivre ses études.

Marie-Rose avait aidé la jeune femme à s'installer sur le sofa du petit salon, resté tel que Laurette l'avait meublé à la fin du siècle dernier. Radassière à trois places et fauteuils au dossier violoné, encoignures, table à ouvrage et petit bureau constituaient un décor douillet.

Elle avait préparé le plateau pour le thé – avait-on idée de boire de l'eau chaude ? – et confectionné des financiers aux amandes et des navettes suivant la recette de son amie Eulalie, qui l'avait initiée au cartonnage. Pour faire bonne mesure, elle avait aussi préparé une galette au sucre, le régal de Lucrèce. La jeune femme avait près d'elle le berceau d'Aurélie. C'était un moïse en bois blond juché sur un bâti, ce qui permettait le bercement. Armide et Lucrèce avaient dormi dans ce berceau, comme leur père et leur grand-père avant elles.

Le bébé somnolait sagement sur un oreiller bordé de dentelles. Lucrèce avait posé sur le drap brodé une couverture piquée en boutis, œuvre de sa grand-mère maternelle, originaire de Marseille.

Elle se leva pour accueillir ses beaux-parents, réprima une grimace. Elle se tenait encore un peu voûtée à cause de la cicatrice boursouflée qui tirait mais, comme le lui avait fait remarquer son beau-frère, elle avait eu de la chance. Armide, pour sa part, venait de donner naissance, sans le moindre problème, à un garçon prénommé Hector. Ulysse avait enfin son petit-fils !

— Lucrèce, ma petite fille... murmura Myrielle en la serrant contre elle.

Les deux femmes échangèrent un regard ému. La mère d'Adrien lui ressemblait de façon étonnante.

— Asseyez-vous, mon enfant, recommanda Léon Baussant.

Grand et fort, il parut soudain très maladroit pour se pencher au-dessus du berceau d'Aurélie.

— Ne réveillons pas l'enfant qui dort, souffla-t-il.

La conversation était malaisée. Fallait-il ou non prononcer le prénom d'Adrien ? Quels autres sujets aborder ? Heureusement, Ulysse Valentin évoqua la floraison des oliviers et, visiblement soulagés, tous échangèrent des anecdotes à ce propos. On fit des projets pour le baptême d'Aurélie, Lucrèce suggéra plusieurs dates. Lorsque ses beaux-parents prirent congé, la jeune femme était épuisée mais soulagée.

— Venez à la villa quand vous le souhaitez, ma chère, lui dit Myrielle en l'embrassant. Votre chambre vous y attend.

Lucrèce se raidit. Il s'agissait de *leur* chambre, à Adrien et à elle, et elle n'avait pas l'intention d'y séjourner à nouveau. Ce serait trop douloureux.

Elle acquiesça d'un sourire empreint de mélancolie. Plus rien ne serait pareil, désormais, et la mère d'Adrien en avait elle aussi conscience.

Lucrèce et son père raccompagnèrent leurs hôtes avant de regagner le petit salon, où Aurélie dormait toujours. La jeune femme contempla son bébé sans mot dire. Elle songeait à Adrien, à cet amour fou qui les avait jetés l'un vers l'autre, à tout ce bonheur qui avait volé en éclats, un dimanche de printemps.

— Les dieux sont cruels, disaient les anciens, fit remarquer son père dans son dos.

Il lui entoura les épaules d'un geste protecteur.

— Tu as à peine vingt ans, ma chérie. N'oublie pas de vivre, d'abord pour ta fille mais aussi pour toi.

Vivre sans Adrien à ses côtés ? Cette idée lui était intolérable. Son père esquissa un sourire indéfinissable.

— Promets-moi seulement de songer parfois à ce que je viens de te dire. Il faut du temps. Beaucoup de temps... Peux-tu marcher jusqu'à Noé ? ajouta-t-il. Tu vas voir... Nos arbres t'ont réservé une surprise...

Les fleurs des oliviers s'étaient ouvertes au petit matin. Les olivettes n'étaient plus qu'un immense champ de neige, plus ou moins brillant au gré des rayons du soleil. Une vision de rêve, que d'ordinaire Lucrèce attendait avec impatience. Elle s'approcha des grappes de fleurs blanches dont le parfum enivrait les abeilles.

— La vie est là, qui nous pousse en avant, reprit son père.

Elle ne répondit pas. Malgré l'amour qu'elle portait à ses oliviers, il était encore trop tôt.

A moins qu'il ne fût trop tard ?

9

Décembre 1922

Le moulin, vieux d'au moins deux siècles, dressait fièrement ses murs de pierres apparentes chapeautés de tuiles au bord de l'Aygues. Albert Ginoux, le moulinier, était un homme tout à la fois fier et brisé. La guerre n'avait, alors, que trois mois quand le maire et le curé étaient venus lui apprendre la mort au front de son aîné, Roger. Il avait pensé mourir lui aussi, sur le coup. La douleur dans sa poitrine était trop forte, il aurait voulu hurler sa peine mais aucun son n'était sorti. Il avait refusé d'écouter les paroles de réconfort prodiguées par les officiels, repoussé sa femme, la Janie, qui s'avançait vers lui. Que pouvait-elle comprendre à son chagrin ? Elle n'était que la belle-mère de Roger, la seconde épouse, et tous deux ne s'entendaient guère, surtout à cause du caractère de cochon de Roger, d'ailleurs... Albert avait marché, jusqu'à la carrière, là où il avait appris à Roger à tirer. Et puis, le cœur lourd, il était rentré chez lui et avait appelé Paul.

Paul Ginoux n'avait rien oublié de la scène. Le père l'avait toujours impressionné mais, ce jour-là, ce fut encore bien pire. Chaque ride de son visage semblait prête à éclater de larmes trop longtemps contenues. Il savait bien, depuis l'enfance, que son aîné était le préféré de leur père. « L'héritier », disait Albert avec fierté. Paul, né du mariage du deuxième lit du moulinier, n'avait que peu d'importance pour son père. D'ailleurs, si Albert s'était chargé d'apprendre lui-même le métier à Roger, il avait laissé la Janie « pousser Paul dans les études », comme il disait en faisant claquer sa langue avec mépris. Albert avait été élevé – dressé, plutôt – à coups de trique et il n'avait pas trop mal réussi. Son moulin fonctionnait sans répit durant la saison allant d'octobre à fin février. On savait Albert attaché à son métier, ses clients lui étaient fidèles.

Debout dans la cour, Paul contemplait la longue file des charrettes qui s'acheminaient vers le moulin. Il n'avait pas connu l'époque où un cheval, attelé à l'axe central, tournait autour des meules mais, comme son père et son grand-père, il était attaché à l'expression « moulin à sang », signifiant qu'il avait été activé par la force animale ou, même, humaine.

On procédait d'abord à la pesée sur l'imposante balance romaine. Puis chaque oléiculteur déposait ses corbeilles d'olives dans un grand casier, avant, lorsque son tour était venu, de les vider l'une après l'autre sur le plancher de la grand-salle recouvert de paille. Il était ainsi plus facile de trier les fruits véreux. Les olives étaient ensuite versées sous les meules de calcaire. Tout était broyé, olive, pulpe, noyau, amande... La pâte extraite était de couleur sombre, épaisse et grasse. On la plaçait dans des scourtins, des sortes de bérets tressés bruns, en fibres végétales, de la fibre de coco de Ceylan.

Albert s'approvisionnait à la Scourtinerie Fert de Nyons, qui fournissait la plupart des moulins. Ces scourtins empilés sous le pressoir constituaient des filtres irremplaçables en laissant passer le jus d'olive et en retenant les noyaux et la pulpe. L'huile s'écoulait dans l'« espérance », un cuvier de bois en forme de tonneau défoncé qui récoltait la première pression à froid. C'était l'huile vierge, la plus recherchée. On desserrait ensuite le pressoir, on arrosait les scourtins d'environ cinq litres d'eau bouillante, et les ouvriers manœuvraient les barres et les leviers. L'huile, mélangée à l'eau, coulait vers les bassins de décantation grâce à des canalisations creusées dans le sol. Il suffisait alors d'attendre que l'huile remonte à la surface. Ce qui surnageait des eaux rougies était recueilli d'abord avec une sorte de casserole puis à l'aide d'une « patelle » ou « feuille », très mince, et versé dans des jarres de stockage. C'était l'huile fine, moins délicate. On jetait les eaux sombres, chargées d'impuretés, dans un grand bassin, « les enfers », qui recueillait toutes les eaux sales. Ce qui restait dans les couffins, les grignons, avait de nombreuses utilisations. On s'en servait comme combustible, on en vendait beaucoup aux savonneries marseillaises ou encore, stocké dans des sacs de jute, on en protégeait le tronc des oliviers durant les grosses chaleurs.

Même si l'intérieur du moulin était particulièrement bruyant, entre le mécanisme des engrenages et le bruit des meules écrasant les olives, Paul aimait l'entendre « vivre ». Il faisait toujours chaud dans le moulin, même au plus fort de l'hiver. La vapeur d'huile formait comme une brume légère sous les poutres noircies. Les grignons brûlaient dans la grande cheminée en pierre d'Aubres en dégageant une odeur singulière, assez âcre, qui vous prenait à la gorge. Paul et les ouvriers ne la sentaient même plus.

— Bonjour, tout le monde !

Paul se retourna. Il avait reconnu la voix de la jeune femme qui arrivait au moulin. La charrette qu'elle conduisait débordait de sacs d'olives. Les mulets avaient mené bon train depuis la Combe. Une vapeur s'élevait déjà au-dessus de leurs flancs et de leurs têtes. Lucrèce s'empressa de les recouvrir chacun d'une couverture tirée du coffre sous le siège.

— Là, là, mes tout beaux...

Elle se retourna vers Paul.

— Tu ne chômes pas, à ce que je vois ?

Tous deux avaient fréquenté le collège Roumanille. Ils s'étaient perdus de vue pendant la guerre. Les oliviers les avaient rapprochés depuis que Lucrèce secondait son père.

Paul se pencha et embrassa la jeune femme. Ses traits étaient tirés.

— Nous n'allons pas nous plaindre d'avoir du travail, tout de même ! Guy va te porter tes sacs. Veux-tu goûter mon huile ?

Il disait « mon huile » avec une fierté non dissimulée, et elle en fut heureuse pour lui. On savait en effet – tout se savait, toujours – qu'Albert n'était pas tendre avec « le gamin ». Même s'il ne levait plus la main sur lui, il avait une façon de le comparer à Roger qui était des plus désagréables.

Lucrèce pénétra à la suite de Paul dans la grande salle du moulin et s'approcha de la cheminée. Elle frotta ses mains l'une contre l'autre.

— Il va geler cette nuit, c'est sûr.

— Veux-tu un bon café ? Ma mère nous en laisse toujours de reste.

Janie, suivant l'exemple de Raymonde, la « première épouse », passait l'hiver à cuisiner des repas copieux pour la dizaine de personnes travaillant au moulin.

Lucrèce accepta avec joie. Elle avait eu très froid durant le trajet de la Combe au moulin. Le mistral soufflait en souverain incontesté sur la route de Valréas.

Paul lui tendit une tasse.

La jeune femme s'y réchauffa les mains avant de la porter à ses lèvres.

— Ça fait du bien ! souffla-t-elle.

L'atmosphère de la grande salle était chaleureuse. Lieu de rendez-vous aussi bien des enfants revenant de l'école que des personnes âgées, on y devisait tout en s'y tenant au chaud.

— Tiens ! Goûte-moi cet élixir, ajouta Paul.

Un peu d'huile versé sur une tartine de pain croustillant constituait le meilleur des repas. Lucrèce ferma les yeux.

— Hum... fruitée, légère, un délice ! s'écria-t-elle.

Son camarade d'enfance rougit de plaisir.

— Ce sera une belle année, je crois, confirma-t-il.

Il n'osa pas demander à Lucrèce si elle allait mieux. Le drame qui l'avait frappée avait été abondamment commenté, aussi bien à Nyons qu'au moulin. On s'accordait pour compatir au destin de la jeune femme, à son bonheur foudroyé.

« Malheur... » murmuraient les femmes qui tricotaient sur leur devant de porte, l'été précédent. En revanche, personne n'avait eu le moindre doute, Lucrèce Baussant prendrait la suite de son père, à la Combe. « A croire que de l'huile d'olive coule dans ses veines... » marmonnait Georges, le plus vieil ouvrier.

Elle posa la tasse sur la table, sourit à son ami.

— Merci, Paul. Je vais rentrer. Mon père n'aime pas me savoir sur les chemins à la nuit. Et ma petite fille m'attend.

— Tu reviens demain ?

— Eusèbe effectuera un premier voyage le matin. Je prendrai le relais après le déjeuner. C'est plus facile pour moi pendant qu'Aurélie fait la sieste.

— Oui, bien sûr, acquiesça Paul.

Il se sentait maladroit. Lucrèce était veuve, avait un enfant. Comparé à elle, il se sentait jeune et inexpérimenté. Il la reconduisit jusqu'à la charrette, l'aida à grimper sur le siège après qu'elle eut ôté les couvertures protégeant les mulets. La lampe-tempête se balançait.

— Rentre bien et passe le bonsoir à ton père, lui dit-il, depuis le seuil du moulin.

Elle agita la main. Elle paraissait menue et fragile dans sa pèlerine noire. Il suivit du regard le lumignon jaune jusqu'à ce qu'il disparaisse derrière le Devès.

Le cœur lourd, il rentra alors dans la grande salle.

10

Février 1923

Un silence inusité, presque palpable, pesait sur le vieux moulin. Durant plus de trois mois, une activité incessante avait régné sur la vieille bâtisse tandis que les charrettes apportaient sans discontinuer la récolte des oléiculteurs environnants, particulièrement abondante cet hiver-là. Paul, le vieil Alcide et les sept ouvriers embauchés comme chaque hiver avaient travaillé sans relâche, par équipes de trois, suivant un système de rotation immuable.

A la fin de la saison, il fallait tout nettoyer pour ôter les traces d'huile qui formaient des pellicules visqueuses aussi bien sur le sol que sur les marches. Les eaux des enfers étaient évacuées, les bacs récurés.

Janie avait consacré plusieurs matinées à laver les scourtins dans l'Aygues après les avoir dégraissés. Une fois séchés, ceux-ci étaient empilés à l'intérieur du moulin, bien à l'abri de l'humidité.

Tout était prêt pour la prochaine saison, comme dans toute maison qui se respectait. Il ne restait plus qu'à fermer la vanne de l'arrivée d'eau. C'était une tâche qu'Albert, le maître du moulin, se réservait.

Depuis plusieurs jours, Paul attendait sinon un compliment, du moins une phrase de satisfaction de la part de son père. Il *savait* qu'il avait fait du bon travail, mais Albert restait muet. Le moulinier était d'ailleurs de plus en plus acariâtre. Il dormait mal, rêvait de Roger, houspillait tout le monde, grommelant qu'il était entouré d'incapables et de maladroits.

Sentence particulièrement injuste, qui emplissait de larmes les yeux de Janie. Albert, alors, se montrait encore plus odieux avec sa femme. Raymonde, la première épouse, fille unique, avait du bien, des olivettes et une campagne du côté des Blaches, si bien qu'Albert l'avait toujours respectée. Mais Janie, fille d'un colporteur, n'avait apporté en dot que quelques paires de draps et sa force de travail, qui semblait inépuisable. Lorsque sa beauté, usée par le labeur incessant, avait commencé à se faner, Albert l'avait méprisée ouvertement. Paul s'était souvent opposé à son père pour défendre sa mère. Il avait récolté quelques coups et des remarques peu amènes à propos de son caractère. Roger, lui, constituait l'héritier idéal. Dommage que Paul, trop jeune, ait échappé à la mobilisation... L'allusion était transparente, et cruelle. Paul ne pouvait pas ne pas entendre : « C'est toi qui aurais dû mourir à la guerre. Pas Roger. »

« Un jour, je lui prouverai que je vaux bien Roger ! » s'était-il promis.

Il n'avait pas d'autre but, dans l'immédiat.

Albert, sa lampe-tempête à la main, descendit les marches creusées en leur milieu qui menaient au canal coulant sous les bâtiments. Il avait effectué ce parcours si souvent depuis l'enfance qu'il aurait pu le faire à l'aveugle. La saison avait été bonne. Les salles du moulin débordaient de dourgues, des sortes d'amphores à anses, de jarres vernissées et de bidons en fer-blanc étamé.

« Si seulement Roger avait pu voir ça… » se dit-il, le cœur de nouveau serré dans un étau. Cette douleur le taraudait depuis deux nuits, irradiant jusque dans son bras. Il avait décrété que « ça passerait », refusant avec véhémence d'aller consulter le docteur Mallaure, comme Janie le lui conseillait. Le docteur… quelle idée ! Il irait voir le père Anselme, qui vendait des simples sur le marché le jeudi, et voilà tout !

La douleur le submergea alors qu'il se penchait pour fermer la vanne. Il lâcha la lampe-tempête, porta les mains à sa poitrine.

— Roger, articulèrent avec peine ses lèvres qui bleuissaient.

Il s'effondra.

Ils étaient tous venus. La famille, l'oncle Arsène, qui tenait une épicerie à Mirabel, la tante Berthe, les parents de Janie, descendus de la montagne en jardinière, les ouvriers, et tous ceux, producteurs d'olives ou clients, qui fréquentaient le moulin. Une profonde tristesse pesait sur l'assistance car, même si l'on s'accordait à estimer, en chuchotant, que l'Albert avait un sacré caractère, on avait aussi conscience de perdre avec lui un personnage central de l'économie du Nyonsais.

La Combe aux Oliviers

Tout le cortège suivit le corbillard, depuis l'église jusqu'au cimetière, situé à Chantemerle. Plusieurs proches évoquaient des souvenirs. On parlait de Raymonde, la première épouse, que les ouvriers du moulin adoraient parce qu'« elle avait la manière », comme ils disaient, s'intéressant à eux, allant à leur rencontre. Janie, beaucoup plus discrète, surnommée « Souris Grise » par le vieil Alcide, n'avait jamais pu la faire oublier. C'était sûrement injuste, car Janie avait de nombreuses qualités. Lucrèce était venue, en compagnie de son père. Armide et Etienne les avaient rejoints à l'église Saint-Vincent. Depuis la naissance d'Hector, la silhouette d'Armide s'était alourdie. L'aînée des filles Valentin paraissait plus que ses vingt-cinq ans. La sœur de Lucrèce et son époux s'étaient éclipsés à la sortie de la messe.

« Etienne n'a pu fermer le cabinet que pendant une heure », avait glissé Armide à Lucrèce. Celle-ci avait pensé qu'il risquait fort d'avoir peu de patients, tout le pays s'étant rendu aux obsèques d'Albert Ginoux. Prudemment, elle avait préféré se taire, les relations entre les deux sœurs étant parfois tendues. Marie-Rose avait un jour fait remarquer à Lucrèce qu'Armide se sentait coupable vis-à-vis d'elle. Coupable d'avoir toujours son époux, coupable d'avoir donné naissance à un garçon... Lucrèce avait haussé les épaules. Comme si elle avait pu lui en tenir rigueur ! « Ça n'empêche pas ! » avait insisté Marie-Rose.

Paul menait le deuil, suivi par ses deux beaux-frères. Ses demi-sœurs, Adèle et Blanche, l'ignoraient ostensiblement.

— Ça risque de chauffer chez le notaire, commenta le père de Lucrèce en réprimant un soupir.

Ces querelles d'héritage lui paraissaient absurdes et sans objet, même s'il pressentait que, le moment venu, Armide s'estimerait forcément spoliée. Et ce, bien qu'elle n'ait jamais porté le moindre intérêt aux oliviers.

La mort du moulinier lui faisait prendre conscience de son âge. Pourtant, à cinquante-trois ans, il n'était pas si vieux ! Le printemps coulait dans ses veines. Et puis, il y avait Marie-Rose. Lorsqu'il la tenait dans ses bras, il se sentait de nouveau jeune, et fort. Bien sûr, il n'éprouvait pas pour elle l'amour fou qui l'avait lié à Laurette, mais il était à même d'apprécier le goût de la vie, après une longue période de léthargie. Marie-Rose s'émerveillait devant la lumière argentée traversant les olivettes, au petit matin, cuisinait tartes et tourtes, pour le bonheur de travailler la farine, après des années de privations, quand ses Ardennes étaient occupées... Elle riait souvent, malgré les épreuves traversées, et chantait, comme un défi qu'elle aurait lancé au destin. Son attitude bravache avait amusé Ulysse avant de l'attendrir.

Il songeait à tout cela devant la tombe ouverte. Albert Ginoux reposerait aux côtés de Raymonde, sa première épouse. Ulysse avait lui aussi sa place réservée dans le caveau des Valentin.

« Avec Laurette », pensa-t-il.

Il serra la main de Paul.

— C'est à toi de prendre la relève, lui dit-il, avant de l'étreindre.

Le second fils du moulinier soutint son regard.

— Je suis prêt, monsieur Valentin.

11

Juin 1928

« Je vous emmène ce prochain dimanche, la petite et toi », avait annoncé Paul ce jeudi matin à Lucrèce. Comme à l'accoutumée, une animation joyeuse régnait sur le marché de Nyons. Les paysans étaient descendus de l'arrière-pays, la jardinière pleine de produits destinés à la vente.

Les volailles se négociaient place du Pont, les olives place du Champ-de-Mars et les cocons de vers à soie place des Arcades. En cette fin de juin, les parfums des fleurs se mêlaient à celui, suave et entêtant, du tilleul.

Lucrèce, installée place Carnot devant la librairie Pinet, présentait sur son étal bidons d'huile d'olive et olives de table, olives piquées, suivant une tradition nyonsaise, et olives en saumure à la couleur « bure de moine ».

Elle avait ses clients attitrés mais aussi quelques vacanciers venus de Lyon ou de Valence respirer l'air réputé de la petite sous-préfecture. Ceux-là résidaient

La Combe aux Oliviers

soit à l'hôtel Colombet soit à l'hôtel des Roches et ne manquaient pas d'acheter avant leur départ au moins un bidon d'huile parfumée.

Lucrèce leur glissait une carte à en-tête en leur rappelant qu'ils pouvaient être livrés sans problème tout au long de l'année. Les premiers temps, son père lui avait dit qu'elle s'illusionnait, on n'allait pas commander de l'huile d'olive comme du vin. Finalement, il avait dû se rendre à l'évidence, Lucrèce possédait du flair et savait y faire pour promouvoir leur production.

Elle regarda Paul qui, son chapeau à la main, lui souriait. Il était bel homme avec sa haute taille, sa carrure imposante et ses cheveux sombres qui bouclaient sur son front. Depuis la mort de son père, Paul Ginoux, enfin libéré de la tutelle qui pesait sur lui, avait acquis une certaine assurance. Les premiers temps, il avait craint que les clients habituels ne lui fassent faux bond mais, aux olivades suivantes, ils étaient tous venus avec leurs tombereaux et leurs charrettes débordant d'olives.

« Tu ne pensais tout de même pas qu'on allait te laisser bader[1] à ton aise ? » lui avait lancé en riant un cultivateur des Blaches, et Paul avait compris qu'il était en quelque sorte adoubé.

— Tu nous emmènes... où donc ?

Le sourire de Paul s'accentua.

— Surprise !

Une nouvelle fois, Lucrèce songea qu'elle pourrait l'aimer. Il l'attirait, c'était certain, et, parfois, le

---

1. Du provençal *bada*, « rester bouche bée ».

simple fait d'effleurer sa main la troublait. A vingt-sept ans, sa vie n'était pas finie, même si elle avait eu l'impression de mourir en même temps qu'Adrien. C'était assurément cela le plus difficile, avoir le sentiment de trahir Adrien.

Pendant plusieurs années, il lui avait semblé que son corps, après la césarienne subie, lui était devenu étranger. Elle avait dû lentement l'apprivoiser. Lilie, une femme qui parcourait la montagne à la recherche d'herbes, lui avait confectionné de petites bouteilles d'huile rouge dont la recette était simple. Il suffisait de cueillir durant la nuit du solstice d'été des sommités fleuries de millepertuis, de les verser dans un bocal de verre, de les recouvrir d'huile d'olive, puis d'exposer le bocal au soleil trois semaines d'affilée. Lorsque le liquide devenait rouge, il était temps de le transvaser dans des flacons de couleur sombre. Au fil des mois, grâce à ce traitement, la cicatrice s'était atténuée. En oléicultrice passionnée, Lucrèce croyait aux vertus de ses olives et fabriquait elle-même son savon, suivant une recette qu'on se transmettait de mère en fille dans la famille. Elle utilisait aussi leur huile, aussi bien pour protéger sa peau et celle d'Aurélie des ardeurs du soleil que pour donner de la force à ses cheveux et à ses ongles.

« Je ne m'y habituerai jamais », marmonnait Marie-Rose qui, si elle appréciait la cuisine provençale, lui préférerait toujours sa salade au lard ou sa baïenne [1].

---

1. Le traditionnel gratin de pommes de terre et d'oignons jaunes.

« Baïenne, baiasse... nous ne sommes pas si éloignés les uns des autres ! » lui avait un jour fait remarquer Ulysse Valentin.

Marie-Rose oserait-elle lui avouer qu'elle se sentait si ignorante comparée à lui ? Un monde, fait de textes anciens et de poèmes, les séparait...

— Eh bien ? Tu rêves ? lui reprocha gentiment Paul.

Le pontias, ce vent mystérieux qui soufflait à Nyons de dix heures du soir à dix heures du matin et garantissait, selon la légende, l'excellence du climat, souleva la nappe sur laquelle Lucrèce avait disposé ses bidons, litres et demi-litres, et ses bocaux d'olives. Elle s'empressa de la remettre en place, ce qui lui évita de répondre à la question de Paul. Elle s'imaginait mal, en effet, lui confiant qu'elle songeait de plus en plus souvent à lui !

Eugénie, la petite laitière, la héla :

— Lucrèce ! Tu viendras manger avec moi ?

Paul posa la main sur son bras.

— Il n'en est pas question ! Tu déjeunes à la maison.

— Tu es gentil, mais Aurélie m'attend. Jeudi prochain, je l'amènerai avec moi, je le lui ai promis.

Paul n'avait pas retiré sa main.

— Et dimanche, Lucrèce ? Je viens vous chercher toutes les deux à la Combe ?

Elle hésita. Si elle réfléchissait, elle trouverait mille et une raisons de refuser son offre. Elle avait du retard dans ses comptes, Hermance bouderait, Armide et Etienne viendraient peut-être déjeuner à la Combe avec Hector... Pourtant, elle avait envie de passer un dimanche en compagnie de Paul. Pour se sentir vivre, à nouveau.

Lucrèce s'était levée très tôt, avait préparé la baiasse, le casse-croûte, pour trois, du pain, des olives, du pâté de sanglier, des tomates et du fromage de chèvre, et avait longuement hésité devant son armoire grande ouverte. Le meuble, imposant, plus haut que large, à la corniche chantournée, aux ferrures courant sur toute la longueur, lui venait de sa grand-mère Elyette, qui avait insisté auprès de son mari pour que le mas soit doté d'une véritable salle de bains.

C'était assez rare à l'époque pour que la nouvelle fît le tour du pays. Baignoire en cuivre à pattes de lion, meuble de toilette avec dessus en marbre, grand miroir... la pièce était telle qu'Elyette Valentin l'avait désirée. Après une journée passée à travailler aux champs, Lucrèce aimait à se détendre dans un bon bain, surtout depuis que son père avait fait installer l'eau à la Combe. Les premiers jours, Marie-Rose ne se lassait pas d'ouvrir le robinet.

« Pour moi, ça tient du miracle ! » avait-elle confié à Lucrèce. Et de lui raconter qu'enfant, déjà, elle descendait au lavoir avec sa brouette pleine de linge sale. Remonter la côte n'était pas chose aisée et le linge mouillé pesait lourd ! Combien d'allées et venues, aussi, jusqu'au puits, pour remplir les seaux nécessaires à la toilette de la famille ?

« Le progrès, maman, il faut vivre avec », commentait Hermance du haut de ses treize ans.

« Voyons... se dit Lucrèce, en mordillant l'ongle de son pouce. Du noir, du gris, du violet... Comme tout ceci est sinistre ! »

Armide le lui avait fait remarquer, l'année précédente :

« Quand donc cesseras-tu de t'ensevelir sous tes voiles de deuil ? Souviens-toi... notre mère avait demandé à ce que père ne nous fasse pas porter de noir...

— Ce n'est pas la même chose », avait répondu Lucrèce, piquée.

Armide pouvait critiquer, elle ne cherchait pas à se mettre à sa place. Pourtant, sa remarque avait fait son chemin et, ce dimanche-là, Lucrèce sortit de l'armoire une robe lilas qu'elle avait portée juste avant de se marier. Si elle éprouva un pincement au cœur en la passant, elle refusa de s'y arrêter. La robe lui allait encore, s'étonna-t-elle, il fallait juste la raccourcir. Lucrèce refusait de couper sa masse de cheveux et ne suivait pas la mode parisienne, mais elle avait tout de même renoncé aux jupes et aux robes trop longues, peu pratiques pour travailler dans les olivettes.

Elle descendit à toute allure l'escalier.

— Marie-Rose ! Tu peux m'aider ?

Marie-Rose savait tout faire. En quelques minutes, elle piqua le bas de la robe d'épingles, refit l'ourlet à petits points invisibles. Lucrèce lui sauta au cou.

— Je me demande ce que nous deviendrions sans toi !

— Entre nous... moi aussi ! répliqua son amie.

Le maître s'était retiré dans son bureau après avoir pris son petit déjeuner. Le dimanche matin, il s'accordait le temps de lire les journaux, notamment *Le Pontias* et *Le Temps*, et de répondre à son courrier. Membre d'une société de poésie, il correspondait avec de nombreuses personnes, aussi bien en Grèce qu'au Canada. On avait pour consigne de ne pas le déranger, excepté en cas de visite imprévue.

Marie-Rose enveloppa Lucrèce d'un regard admiratif.

— Tu es belle, ma grande. Et Aurélie... On lui met son tablier bleu ?

— Elle n'est pas encore levée ? s'étonna Lucrèce.

Il était déjà dix heures, Paul n'allait plus tarder. Elle alla réveiller sa fille. Aurélie, le front brûlant, se plaignait de la tête et du dos.

— Mon Dieu ! Rose ! La petite a au **moins** quarante de fièvre ! s'écria Lucrèce, paniquée.

Elle la souleva, lui fit boire un peu d'eau sucrée, qu'elle rejeta aussitôt. Lucrèce échangea un coup d'œil effrayé avec Marie-Rose.

— J'appelle Etienne, décida-t-elle.

L'installation du téléphone à la Combe avait assez peu bouleversé les habitudes de la maison dans la mesure où les appels étaient rares. Après avoir longtemps refusé de se servir de cet appareil, Marie-Rose avait fini par l'utiliser le jour où Hermance avait eu le croup. Depuis, elle s'y était « faite ». Après avoir demandé à l'opératrice le numéro d'Etienne, à Nyons, Lucrèce essaya de se raisonner. Ce n'était peut-être pas grave, les enfants avaient souvent de la fièvre... Mais, au fond d'elle-même, elle savait déjà que sa fille était en danger.

La Combe aux Oliviers

Quand Paul se présenta à la porte du mas, Marie-Rose lui expliqua la situation en quelques mots. Il proposa ses services, tout en sachant qu'il ne serait d'aucune utilité. Le cœur lourd, il reprit le chemin de son moulin.

12

Décembre 1928

Une houle légère agitait le feuillage argenté des oliviers, qui changeait de nuance suivant la position du soleil...

« Regarde... On dirait la mer... » avait expliqué un jour grand-père Ulysse à Aurélie et, depuis, la petite fille s'imaginait que la Combe était un endroit magique. Elle avait gardé un souvenir confus des derniers mois. Elle se rappelait avoir lu la panique dans le regard de sa mère, tout comme elle se souvenait des mains de grand-père Ulysse effleurant son front. Elle avait déliré durant plusieurs jours. La fièvre n'était rien, cependant, comparée aux douleurs horribles qu'elle ressentait dans la nuque et le dos. Ces douleurs mêmes qui semblaient contrarier si fort oncle Etienne. Pourtant, ce n'était pas lui qui souffrait !

Elle se rappelait avoir entendu au-dessus de son lit des noms compliqués, qu'elle n'avait pas retenus, excepté un, qui résonnait bizarrement à ses oreilles :

poliomyélite. Elle qui aimait tant lire était incapable de tenir un livre. Sa mère, son grand-père et Hermance se relayaient à son chevet et lui lisaient les œuvres de la comtesse de Ségur. Prisonnière de son lit, Aurélie courait dans la forêt en compagnie de Sophie ou bâtissait des cabanes avec Paul, Camille et Madeleine.

Marie-Rose lui préparait des œufs au lait et du gâteau de riz, les seuls aliments qu'elle parvenait à garder.

Lorsque la fièvre avait enfin baissé et qu'on lui avait permis de se lever, sa jambe gauche s'était affaissée et elle avait chuté lourdement sur le sol. Elle se rappelait le gémissement poussé par sa mère. A cet instant, Aurélie avait eu peur pour Lucrèce, comme si elle avait été en danger. Ce jour-là, sa vie avait basculé. Oncle Etienne venait deux fois par jour à la Combe. Le visage encore plus grave que d'habitude, il l'auscultait, donnait de petits coups d'une sorte de marteau sur sa jambe et son bras gauches. Il paraissait très déçu quand Aurélie lui répondait qu'elle ne ressentait rien. Un soir, pour lui faire plaisir, elle avait menti mais il s'en était vite rendu compte en tapant à un autre endroit.

Oncle Etienne était redoutable, il savait presque tout, et le reste, il le devinait. Un professeur était venu de Lyon. « Si tu voyais sa voiture... lui avait dit Hermance. Longue, et brillante... Un rêve ! » Il avait longuement discuté avec oncle Etienne, sa mère et grand-père Ulysse. Ce jour-là, Aurélie avait eu l'impression de perdre une partie de son identité. Elle n'était plus « la petite de la Combe » mais un cas médical.

De longs mois de souffrance avaient suivi. Son bras et sa jambe gauches maintenus par des attelles, Aurélie devait garder le lit. Sa mère lui faisait faire le tour de sa chambre à la fin de la journée. Quand Aurélie avait trop mal, Lucrèce la portait jusqu'à la fenêtre où la petite fille respirait à longues bouffées. Elle voyait la treille, les deux amandiers plantés près de la borne indiquant que la Combe avait été une ferme au temps des Romains, et les olivettes, dans lesquelles elle aimait tant courir... avant. Elle s'efforçait de ne pas pleurer devant sa mère.

Grand-père Ulysse et Marie-Rose étaient ses seuls confidents. Plus âgés, ils lui semblaient plus solides. A eux, elle pouvait raconter ses craintes et ses doutes.

La maladie avait fait mûrir Aurélie. Son grand-père lui donnait des cours, en accord avec mademoiselle Dupuy, l'institutrice de Roussol, qui venait à la Combe une à deux fois par semaine.

La vie au mas s'était organisée autour de la chambre d'Aurélie, au point qu'Hermance en prenait parfois ombrage. La famille Baussant demandait régulièrement de ses nouvelles mais venait peu. Lucrèce comprenait la réaction de ses beaux-parents. Ils avaient peur pour leur petite-fille. Ils lui envoyaient des jouets et des livres, par l'intermédiaire de Casimir, le chauffeur-livreur. Aurélie s'était ainsi extasiée devant une maison de poupée et un exemplaire des *Contes* de Perrault, illustré en couleurs. Parfois montait en elle le désir irraisonné de descendre l'escalier et d'aller se réfugier à l'ombre de Noé. Elle pleurait silencieusement, soucieuse de ne pas réveiller sa mère qui dormait dans la chambre voisine.

La nuit de Noël, Lucrèce la descendit dans la salle et l'installa sur un sofa qu'Ulysse avait apporté lui-même du petit salon de Laurette. La gorge de la petite fille se serra en découvrant la crèche décorée, la table dressée devant la cheminée et le blé de la Sainte-Barbe qui avait verdi dans les « sietoun », les petites assiettes blanches réservées à cette tradition.

Elle paraissait si pâle et si menue dans sa chemise de nuit bleue que Marie-Rose détourna la tête en se mordillant furieusement les lèvres. Etienne, Armide et Hector arrivèrent à sept heures.

— Il fait un froid de gueux ! s'écria Armide en ôtant son manteau doublé de breitschwanz.

Elle embrassa sa sœur avec plus de chaleur que d'habitude, serra Aurélie contre elle.

— Quel bonheur de te voir en bas ! lui dit-elle.

Hector avait déjà filé à l'office. Il cherchait à apercevoir les treize desserts que Marie-Rose avait dissimulés dans le garde-manger. Lucrèce s'isola quelques minutes en compagnie d'Etienne.

— Quand va-t-on cesser de torturer ma fille avec tout cet appareillage ? demanda-t-elle à son beau-frère.

Les membres atrophiés d'Aurélie lui serraient le cœur. Dès que le diagnostic de poliomyélite avait été posé, elle avait réclamé des explications. Comment sa fille avait-elle pu contracter cette maladie ? Etienne lui avait alors patiemment expliqué que la transmission du poliovirus se faisait le plus souvent au contact de l'eau infectée ou encore par les mains ou les sécrétions nasales d'une personne déjà infectée. Lucrèce n'avait pas entendu parler de cas similaires dans la région et Aurélie avait toujours vécu dans un milieu protégé. Etienne avait alors soupiré avec lassitude. Il n'avait pas d'autre réponse à lui fournir. D'après les dernières études sur ce fléau, la poliomyélite frappait essentiellement les enfants. Il lui avait mentionné des traces de polio retrouvées sur des hiéroglyphes égyptiens avec un personnage présentant une jambe atrophiée.

« Je me moque bien de vos Egyptiens ! avait explosé Lucrèce. Seule ma fille compte, pour moi ! »

Elle avait vécu comme un calvaire la paralysie du côté gauche d'Aurélie. Elle avait voulu croire, de toutes ses forces, que celle-ci régresserait et, apparemment, le bras de sa petite fille semblait avoir retrouvé une partie de sa mobilité. Mais Etienne ne l'avait pas laissée s'illusionner au sujet de sa jambe. Même si le port d'une prothèse avait réussi à stabiliser le membre inférieur, il resterait atrophié.

— Nous pouvons donc la lui ôter, à présent, risqua Lucrèce.

Cette perspective l'angoissait car elle savait qu'elle devrait alors faire face à l'infirmité permanente d'Aurélie. Tant que sa fille restait alitée, elle gardait l'espoir que la situation était temporaire. Après... Elle avait tenté de confier ce qu'elle éprouvait à Paul. Son ami d'enfance s'était montré maladroit, ce jour-là.

« Tu n'as pas le choix, Lucrèce », lui avait-il dit.

Elle lui avait jeté un regard blessé.

« Comment pourrais-tu me comprendre ? Tu n'as pas d'enfants... »

Il aurait voulu la serrer contre lui, lui dire tout ce qu'il gardait sur le cœur, depuis des années. Les humiliations, les coups subis étant enfant, l'avaient incité à ne pas s'exposer, à taire ses états d'âme. La réaction de Lucrèce lui avait fait prendre conscience, douloureusement, de sa difficulté à trouver les mots justes. Il était reparti, en se traitant de tous les noms.

Etienne soutint le regard implorant de Lucrèce.

— Oui, je pense que cette prothèse est pratiquement inutile, désormais. Il faudra lui faire des massages quotidiens. Armide vous montrera comment procéder. Et Aurélie devra mener progressivement une vie normale.

— Avec sa jambe atrophiée ?

La voix de Lucrèce avait chaviré. Etienne lui pressa l'épaule.

— Tout dépend de vous. Si Aurélie perçoit votre gêne ou, même, votre malaise, elle vivra mal son infirmité. C'est à vous de la rendre forte, Lucrèce.

Elle ne répondit pas. Elle pensait à Adrien et se sentait encore plus seule que d'ordinaire.

13

Avril 1929

Le ciel, dans lequel couraient de gros nuages sombres, couleur de suie, reflétait son humeur, pensa Ulysse Valentin, immobile sur le seuil du mas. Les olivettes auraient dû être en fleur. Seuls une centaine d'arbres avaient résisté au gel qui avait frappé non seulement la propriété mais aussi tout le Nyonsais. Deux jours et deux nuits avaient suffi pour détruire le travail de plusieurs générations. Depuis l'enfance, Ulysse savait que l'arbre sacré craignait tout autant l'humidité que la canicule, la grêle que les pluies sans répit, les vents de mer venant du sud que le vent du nord ou encore la foudre... Mais ce qu'il redoutait le plus, c'était le gel meurtrier, qui fendait les arbres d'un coup. Impuissant, il les avait entendus gémir dans la nuit glacée. Lucrèce, Marie-Rose et lui avaient transporté des braseros dans les champs, fait du feu, beaucoup de feu, en vain.

Au matin du troisième jour, Ulysse avait renoncé à se battre.

La Combe aux Oliviers

« Rentrons, avait-il dit aux deux femmes. Il ne manquerait plus que nous attrapions la mort... »

Personne ne parlait, ce matin-là. Pas même Hermance, d'ordinaire volubile. Aurélie et elle gardaient la tête baissée, conscientes de la gravité de la situation.

Ils avaient mangé la soupe de Marie-Rose dans un silence lourd. Quelques jours auparavant, le maître du mas avait exprimé ses craintes à haute voix. Les variations de température l'inquiétaient. Au début de la semaine, on se serait cru au printemps. Le gel brutal « bousculait » ses arbres, qui résistaient jusqu'à moins huit degrés.

« Ils ne feraient pas de vieux os par chez nous ! » avait remarqué Marie-Rose, qui se rappelait avoir appris à patiner sur la Meuse gelée, certain hiver particulièrement rigoureux du début du siècle.

Elle se souvenait du vent froid venu du nord, des Hauts-Buttés, soufflant par rafales, de la glace qu'il fallait briser, le matin, à la surface du puits.

Elle n'avait rien oublié et tentait de transmettre ses souvenirs à sa fille. Mais Hermance, qui avait à présent quatorze ans, ne voulait rien écouter.

« Je suis de ce pays, comme Aurélie », répondait-elle à sa mère.

L'Ardennaise secouait alors la tête.

« Ma fille, on ne peut pas renier ses racines. Elles font partie de nous. Regarde Lucrèce... »

Hermance, obstinée, renchérissait alors : « Justement ! Imagines-tu Lucrèce vivant loin de la Combe ? »

La Combe aux Oliviers

« Laissez-la donc, lui avait conseillé le maître lorsqu'elle lui avait fait part de cette conversation. Elle a raison, cette petite, elle est d'ici. »

Marie-Rose avait eu envie de répliquer : « Epousez-moi donc, dans ce cas ! »

Elle ne l'avait pas fait. Parce qu'elle savait qu'Ulysse Valentin ne donnerait jamais son nom à une autre femme que Laurette. C'était ainsi. Dès le début de leur relation, il en avait fixé les règles.

« Je demeurerai veuf le reste de mon âge. »

Marie-Rose en avait conclu qu'elle n'était pas assez bien pour le maître de la Combe. Elle aurait dû repartir, alors, avec sa fille. Mais elle était déjà prise au piège. Elle aimait Lucrèce, Aurélie, la Combe et... elle aimait aussi Ulysse Valentin. Etait-ce une raison suffisante pour vivre dans l'ombre ? Elle n'en était pas certaine.

Elle secoua la tête, comme pour chasser ces pensées. Elle n'était pas femme à s'apitoyer sur son sort. Après tout... elle avait choisi en connaissance de cause de partager son lit avec le maître ! Il ne lui avait jamais rien promis...

Elle se rapprocha d'Ulysse, se risqua à poser la main sur son bras.

— Ils repousseront, affirma-t-elle avec une assurance qu'elle était loin de posséder. Vous l'avez dit vous-même à Lucrèce, pas plus tard qu'hier...

Il se retourna vers elle. Dans son visage aux traits creusés, ses yeux flambaient de colère.

— Lucrèce... bien sûr ! Je lui raconterais n'importe quoi pour lui arracher un sourire ! Elle a déjà assez souffert comme ça... La Combe, c'est sa raison de vivre, au même titre qu'Aurélie. Je ne veux pas la désespérer.

Depuis deux jours, Lucrèce était alitée. Malgré ses protestations, Ulysse venait d'appeler son gendre. Sa fille avait de la fièvre et une mauvaise toux, qui l'épuisait. Elle avait pris froid, à coup sûr, dans les olivettes, menant un combat farouche contre le gel. Elle s'était plongée dans des livres de son père, cherchant un remède à l'hécatombe de ses arbres. Plusieurs ouvrages racontaient qu'après le terrible gel de 1789 on avait « recépé » à la hache, et Lucrèce s'était convaincue qu'elle pouvait sauver une partie de leurs oliviers.

— Je ne supporterai pas d'autre malheur... murmura l'oléiculteur.

Preste, Marie-Rose posa la main sur sa bouche.

— Taisez-vous ! Lucrèce est solide, elle se remettra. A condition que vous ne ressassiez pas de pareilles idées ! Tiens, ajouta-t-elle, voici le docteur !

Etienne effectuait désormais ses visites dans sa Renault. Il pénétra dans le mas, salua son beau-père et Marie-Rose.

— Comment va Lucrèce ? s'enquit-il, après que Marie-Rose lui eut apporté la cuvette emplie d'eau tiède, le savon et la serviette qu'il exigeait avant chaque auscultation.

Ulysse secoua la tête.

— Elle a pris un froid sur la poitrine.

La Combe aux Oliviers

— Il se peut aussi que le gel des oliviers lui ait brisé le cœur, remarqua Etienne, qui commençait à bien connaître la jeune femme.

Parfois, il se demandait quelle aurait été leur vie s'il avait cédé à son attirance pour Lucrèce. Il l'imaginait mal en épouse de médecin, le secondant comme Armide savait le faire. Pourtant, chaque fois qu'il croisait Lucrèce, il ne pouvait se défendre d'éprouver un léger pincement au cœur.

Il grimpa à l'étage. Aurélie, blottie dans le fauteuil en osier du grand-père Jules, lisait. Etienne lui ébouriffa les cheveux.

— Bonjour, jeune fille ! Tout va bien ?

Elle posa sur lui un regard insondable, d'un vert grisé. Elle promettait de devenir une véritable beauté, pensa-t-il. Dommage que sa jambe... Chaque fois qu'il croisait le chemin de la fillette, il se sentait mal à l'aise, comme s'il avait été responsable de son état. Elle l'embrassa posément, avec cette gravité qui la caractérisait. Comparé à elle, Hector était un jeune chien fou. Il n'avait pas passé six mois de sa vie prisonnier d'un appareillage barbare et contraignant.

Dans sa chambre, Lucrèce avait tourné son lit de manière à apercevoir les oliviers. Adossée à ses oreillers, elle était pâle, avait les joues rouges et brûlait de fièvre.

— Il ne fallait pas vous déranger pour si peu, Etienne, lança-t-elle sur un ton bravache avant de se mettre à tousser.

Il lui sourit.

— Admettez qu'il est plutôt rare de vous trouver alitée. Voyons cela...

Il l'ausculta avec attention après avoir pris soin de placer une gaze sur la peau de la jeune femme pour lui éviter le contact du stéthoscope froid. De nouvelles quintes de toux secouèrent Lucrèce. La main devant sa bouche, elle pria Etienne de l'excuser.

— Votre père a eu raison de m'appeler, déclara-t-il en se redressant. Vous souffrez d'une belle pneumonie. Repos complet.

Il se tourna vers Marie-Rose, qui se tenait sur le seuil de la chambre, les bras croisés.

— Je suppose que vous savez poser les ventouses ?

— J'ai appris il y a longtemps. Ça ne se perd pas, répondit l'Ardennaise.

Etienne et elle entretenaient de curieuses relations. Marie-Rose donnait l'impression de se défier de lui, et le médecin n'hésitait pas à la taquiner.

— Armide vous apportera tout le matériel nécessaire et les remèdes que je vais prescrire, reprit-il.

Marie-Rose inclina la tête.

— Merci, docteur.

Aurélie tira la manche d'Etienne.

— Mon oncle... maman ne va pas mourir, n'est-ce pas ?

Le médecin se pencha et prit la petite fille aux épaules.

— Je te promets de la guérir, ma grande. Ta maman est jeune et bénéficie d'une santé robuste. Il faut qu'elle prenne soin d'elle. Tu verras... elle sera vite rétablie.

« J'ai ta promesse », disaient les yeux couleur d'ambre. Etienne se releva. Il se disait parfois que le regard d'Aurélie était sans âge.

La Combe aux Oliviers

Dans le petit salon, Ulysse et Marie-Rose le pressèrent de questions. Il leur tint le même discours. Il n'y avait pas de temps à perdre mais il n'était pas réellement inquiet. Lucrèce était affaiblie par le travail et le temps consacrés à la sauvegarde des oliviers.

Il conclut en répétant quelques recommandations d'hygiène et prit congé.

Le regard d'Aurélie le poursuivit tout au long de sa tournée.

14

Octobre 1929

Malgré les nuages sombres qui s'amoncelaient au-dessus de la route des Alpes, Paul se sentit tout de suite mieux dès qu'il eut franchi le seuil de son moulin. C'était bien le sien, désormais, puisqu'il avait racheté leurs parts à ses deux demi-sœurs. Oh, certes, il n'avait pas ménagé sa peine, et travaillé comme un forçat pour tirer un gain conséquent de son activité, mais il avait la satisfaction d'être chez lui et non plus dans le moulin de son père. Janie, qui comprenait beaucoup de choses, lui avait dit, en sortant de chez le notaire : « Tu es un Ginoux à part entière, maintenant, mon fils », et il avait acquiescé d'un signe de tête.

Sa mère habitait toujours avec lui et il avait tenu à ce qu'elle bénéficie d'un certain confort. Il lui avait fait livrer au début de l'automne une des premières machines à laver, une « Speed », fabriquée à Roubaix. Janie avait tourné autour durant une bonne semaine avant que Paul se fâche. Elle ne comptait tout de

La Combe aux Oliviers

même pas continuer à se rendre au lavoir, alors qu'elle disposait d'une machine toute neuve pour sa « bugade », sa lessive ? Janie avait appelé sa sœur Elisabeth à la rescousse. Elisabeth vivait à Curdelot, où, en tant que veuve de guerre, elle tenait le bureau de tabac. Les deux femmes avaient expérimenté l'appareil. Le soir, elles avaient soûlé Paul de paroles. Cette machine constituait pour elles un merveilleux progrès.

Il esquissa un sourire. Il avait plaisir à gâter un peu sa mère, Albert lui ayant mené la vie dure pendant plus de vingt ans.

« Quand tu te marieras, j'irai m'installer chez Elisabeth », lui disait fréquemment Janie, et Paul répondait, invariablement : « J'ai tout mon temps, maman. »

Il claqua un peu trop fort la porte derrière lui.

Il n'y avait qu'une femme au monde qui comptât pour lui. Lucrèce. Et, d'après les nouvelles glanées sur le marché, la fille cadette d'Ulysse Valentin « fréquentait » un étranger, un médecin venu de Lyon, ancien condisciple du docteur Mallaure.

Il avait eu peur pour elle au printemps lorsqu'elle avait dû s'aliter, souffrant d'une pneumonie. Il lui avait apporté du miel de ses ruches. Marie-Rose, qui montait la garde à la Combe, lui avait assuré qu'elle l'utiliserait pour sucrer les infusions de Lucrèce, mais elle ne l'avait pas laissé entrer.

« Elle est si fatiguée, lui avait-elle dit. Il faut lui laisser le temps de se remettre. »

Un an et demi auparavant, il s'était tenu à l'écart pendant qu'elle s'occupait d'Aurélie. Il avait souffert, alors, de la distance imposée par la jeune femme. A croire que la maladie de sa fille lui avait fourni un

La Combe aux Oliviers

alibi pour ne plus le voir ! Paul se disait parfois qu'il avait tort de s'obstiner, que Lucrèce n'avait pas l'intention de vivre un nouvel amour.

Il crispa la main sur le manteau de la cheminée.

Pourquoi, dans ces conditions, la voyait-on de plus en plus souvent en compagnie du docteur Ferrier, ce qui faisait jaser en ville ? Sa mère lui avait raconté un jour en riant que, lorsqu'on remontait de la place du Champ-de-Mars jusqu'au pont roman, on était « rhabillé pour l'hiver » par celles et ceux qui devisaient devant leur porte. Pour sa part, Paul se moquait bien d'être l'objet de bavardages, mais il ne supportait pas d'entendre le nom de Lucrèce accolé à celui d'un autre homme que lui.

Ce Louis Ferrier, pneumologue de son état, avait le projet de bâtir un établissement destiné aux tuberculeux et aux insuffisants respiratoires. L'air de Nyons, comme celui de Dieulefit, était réputé souverain depuis longtemps, les nombreux hivernants qui venaient passer la mauvaise saison en Drôme du Sud pouvaient en témoigner.

Pourquoi Lucrèce s'était-elle laissé séduire aussi aisément ? se demandait Paul, tout en vérifiant l'état des scourtins.

Il devrait se rendre à la Combe, même si son amour-propre en souffrirait. Il aimait toujours à deviser avec le maître du mas, qui lui prêtait volontiers des ouvrages anciens traitant de leur passion commune. De plus, il avait promis un chaton roux et blanc à Aurélie et la chatte du moulin, Reinette, venait de mettre bas.

Autant de prétextes pour inviter Lucrèce et sa fille.

La Combe aux Oliviers

Chaque fois qu'il empruntait le chemin menant à la Combe aux Oliviers, Paul était frappé par l'impression de sérénité émanant du domaine. Ce jour-là, pourtant, son cœur se serra en remarquant les effets du terrible gel du début de l'année. Partout, des souches témoignaient de l'ampleur de la catastrophe. Il connaissait lui aussi suffisamment les oliviers pour savoir que, même si les Valentin avaient « recépé » leurs arbres, ils devraient attendre plusieurs années avant de pouvoir en cueillir les fruits.

« Je travaille pour ma fille », lui avait dit Lucrèce au printemps, avec une nuance de défi dans la voix. Lui-même, héritier de toute une lignée de mouliniers, comprenait, et partageait cette volonté de transmission.

Ulysse Valentin arpentait ses olivettes. Son vieux chien Faraud, un bâtard de griffon réputé bon truffier, l'accompagnait. Paul immobilisa la jardinière, descendit le saluer. Ulysse semblait las.

— Comment vont les affaires, mon garçon ? attaqua-t-il d'emblée.

Paul haussa les épaules.

— Vous savez comme moi que le Nyonsais a été rudement frappé par le gel du printemps. Nous aurons forcément une production bien moindre.

— Les cours risquent fort de ne pas grimper pour autant. La crise américaine n'arrangera pas la situation.

— Vous croyez ?

— J'espère me tromper mais vois-tu, de tout temps, l'économie a connu des cycles. L'effondrement de la Bourse à New York aura forcément des conséquences sur l'économie mondiale.

Les deux hommes gardèrent le silence. C'était pour eux quelque peu étrange d'évoquer une crise économique dans le calme des olivettes.

Le premier, Ulysse se reprit.

— De toute manière, à notre modeste échelle, nous n'y pourrons rien changer. Tu voulais me voir, Paul ?

Le moulinier sourit.

— Je suis toujours heureux de deviser avec vous, monsieur Valentin. Aujourd'hui, cependant, c'est plutôt à votre petite-fille que je désirerais parler.

— Aurélie est à l'école. Mais Lucrèce fait les comptes dans le petit bureau. Si tu veux aller la saluer...

Paul ne se fit pas prier. Après avoir laissé son cheval aux soins du cocher des Valentin, il pénétra dans le mas, non sans avoir tiré la cloche au préalable.

Marie-Rose vint l'accueillir. Elle était « en cuisine », comme elle le lui annonça, affairée à préparer du gibier, et elle n'avait guère de temps à lui consacrer, mais s'il voulait voir Lucrèce... il connaissait le chemin, n'est-ce pas ?

Il contempla la jeune femme durant quelques instants avant de toussoter pour manifester sa présence. Assise à un secrétaire en bois de cerisier, elle était absorbée par l'étude d'un épais dossier.

Ses cheveux accrochaient les derniers rayons du soleil rasant d'automne. Elle releva la tête, se troubla en reconnaissant Paul.

— Je ne t'avais pas vu, s'excusa-t-elle en se portant à sa rencontre.

Elle lui tendit la main, gauchement. Il se pencha pour l'embrasser. Elle s'écarta un peu trop vite.

— Je venais voir Aurélie, pour les chatons, expliqua-t-il.

Elle jeta un coup d'œil à la pendule.

— Je vais la chercher d'ici une dizaine de minutes. Si tu veux, je t'emmène ?

Elle le défiait du regard. Elle avait fait l'acquisition quelques mois auparavant d'une Mathis, une voiture qui faisait office de camionnette, après avoir passé son permis de conduire.

Elle conduisait sa fille à l'école, distante d'environ trois kilomètres, et allait la rechercher en fin de journée. En cas d'empêchement, c'était Marie-Rose qui effectuait le trajet en jardinière.

— Je t'accompagne, acquiesça Paul.

Il la trouvait différente depuis sa pneumonie. Amincie, certes, mais aussi plus dure, comme si elle avait cherché à édifier une carapace entre le monde extérieur et elle. Elle se retourna lentement vers lui. Elle paraissait sur la défensive.

— J'aimerais te présenter Louis Ferrier, reprit-elle, avant d'ajouter : Nous projetons de nous marier.

Elle l'avait rencontré chez Armide et Etienne, à Nyons. Sa sœur et son beau-frère recevaient une fois par mois. Ils participaient activement à la vie de la sous-préfecture et, d'ordinaire, Lucrèce ne prisait guère ces mondanités. Son père avait dû insister pour qu'elle l'accompagne.

« Nous devons bien cela à Etienne », lui avait-il rappelé et Lucrèce, confuse de son accès de misanthropie, avait couru se changer. Elle portait ce soir-là une robe vert amande, confectionnée par sa couturière attitrée, mademoiselle Joly.

La règle était immuable : on choisissait le tissu dans le magasin sous les arcades, à Nyons, avant de convenir d'un modèle choisi dans les catalogues de mode.

Juin était chaud. Les Mallaure avaient emménagé l'année précédente dans une maison située avenue de la Gare, qui possédait un jardin. Hector s'en échappait souvent pour aller jouer avec les enfants des voisins, au grand dam de sa mère. Armide avait fait servir l'apéritif dans ce jardin planté de palmiers, de lilas des Indes et de tilleuls dont le parfum suave et entêtant enveloppait la douzaine d'invités. Le sous-préfet devisait avec la maîtresse de maison, Ulysse Valentin avec un collègue oléiculteur. Lucrèce s'était éloignée de quelques pas. L'air était encore lourd, elle se sentait lasse et le supportait mal.

« Si vous m'accompagniez jusqu'à ce banc de pierre ? »

La voix masculine qui venait de lui faire cette suggestion était agréable. Lucrèce s'était retournée. Un homme d'une quarantaine d'années, vêtu d'un costume clair, son chapeau à la main, lui souriait.

« Louis Ferrier, pour vous servir, mademoiselle Valentin », avait-il ajouté.

Elle avait rectifié, en éprouvant comme à chaque fois un pincement au cœur : « Madame Baussant », et il l'avait priée de l'excuser.

La Combe aux Oliviers

Ils auraient pu en rester là. Ce soir-là, pourtant, Lucrèce avait besoin d'être rassurée quant à sa séduction. Etait-ce à cause de cette soirée chaude de juin, embaumant le tilleul ? Elle se remémorait le poème de Rimbaud, « Roman » :

> *On n'est pas sérieux quand on a dix-sept ans [...]*
> *On va sous les tilleuls verts de la promenade.*
> *Les tilleuls sentent bon dans les bons soirs de juin...*

Et elle avait envie de rire, car ses dix-sept ans étaient loin. A vingt-huit ans, elle avait l'impression d'avoir déjà vécu plusieurs vies.

Assise sur le banc de pierre, d'où elle apercevait le Devès, elle demanda à Louis Ferrier s'il avait l'intention de rester quelque temps dans le Nyonsais. Sa réponse la surprit. Il projetait de s'y établir. Le climat, déjà vanté au Moyen Age, l'intéressait d'un point de vue médical puisqu'il était pneumologue. Il avait suivi avec intérêt les communications récentes du docteur Luigi, qui avait créé un préventorium à Dieulefit. La situation de Nyons et des villages environnants, abrités du mistral comme du brouillard, lui paraissait idéale pour soigner les malades des bronches comme les insuffisants respiratoires.

« Mon père prétendait que cette terre était bénie des dieux », avait fait remarquer Lucrèce d'une voix empreinte de mélancolie.

Ils avaient parlé, des auteurs anciens, et de cette partie de la Drôme qui séduisait tant les voyageurs. Louis Ferrier lui avait confié qu'il projetait de fonder un établissement destiné à traiter les asthmatiques.

La Combe aux Oliviers

Lucrèce lui avait fait part de ses inquiétudes au sujet d'Aurélie. Sa fille souffrait des séquelles de la polio qui l'avait frappée. Elle, si vive et extravertie avant la maladie, s'était refermée sur elle-même. Lucrèce redoutait qu'Aurélie ne fût rejetée à l'école.

« Il vaut mieux ne pas vous en mêler, lui avait conseillé Louis Ferrier. Votre fille doit être forte. »

Il ne connaissait pas Aurélie, sa douceur, sa vulnérabilité. Lucrèce souffrait pour sa fille, sans parvenir à renouer avec elle un véritable dialogue. La polio avait aussi eu des conséquences sur leur relation.

Ce soir-là, elle avait eu le sentiment que Louis Ferrier la comprenait. C'était agréable de deviser avec une personne qui ne vous parlait ni du gel ni de la mévente de l'huile !

Ils s'étaient revus à plusieurs reprises. Louis Ferrier, qui s'était installé à l'hôtel Colombet, au centre de Nyons, venait fréquemment à la Combe. Il prenait conseil auprès du maître du mas, allant ensuite à la rencontre des personnalités influentes du canton. Marie-Rose était la seule à arborer une mine longue à chacune de ses visites. Quand Lucrèce lui en faisait la remarque, elle se bornait à répondre : « Les rouettants[1] n'ont rien à dire. » Pour qui connaissait bien Marie-Rose, il était aisé de comprendre qu'elle n'appréciait guère le pneumologue.

Lucrèce n'avait pas envie de lui demander pourquoi. Elle désirait croire que le bonheur pouvait être à nouveau possible. D'autant plus que Louis, venant de Lyon, n'avait pas connu Adrien.

---

1. « Ceux qui regardent », en patois ardennais.

15

Décembre 1930

Le tic-tac de la pendule égrenait les minutes dans le petit salon. Dehors, le vent menait une sarabande d'enfer, secouant les volets, s'infiltrant sous les portes, ronflant dans les cheminées, au grand dam du vieux Faraud, qui, le museau entre les pattes, ne savait plus où se réfugier. Ulysse Valentin lisait sous sa lampe bleue, tandis que Lucrèce alignait des colonnes de chiffres. Des éclats de rire leur parvenaient de la salle où Marie-Rose et Aurélie confectionnaient le nougat pour Noël. Le blé de la Sainte-Barbe poussait dru dans les trois écuelles blanches qui lui étaient réservées.

Dans six jours, ils fêteraient Noël ! Perspective qui laissait Lucrèce étonnée. Elle n'avait pas vu passer l'année ! Ce qui valait peut-être mieux, d'ailleurs...

Son père toussota, glissa un marque-page dans son livre avant de le refermer.

— Eh bien, mon petit, avons-nous les moyens de poursuivre l'exploitation ? s'enquit-il.

Lucrèce releva la tête. Ses traits étaient tirés, ses yeux cernés. Elle travaillait trop, tout le monde le lui répétait, mais elle s'obstinait, soucieuse de sauvegarder le domaine.

— Nous devons encore développer les ventes, répondit-elle. Je vais reprendre mon bâton de pèlerin.

Ulysse Valentin fronça les sourcils.

— Je n'aime pas te savoir sur les routes, Lucrèce. Ce n'est pas la place d'une femme.

Le visage de la jeune femme s'empourpra.

— Non, père, dispense-moi de ce genre d'arguments ! Nous n'avons pas le choix, tu le sais aussi bien que moi. D'ailleurs, j'aime assez démarcher les clients.

— Tu oublies qu'Aurélie a besoin de toi.

Le regard assombri, Lucrèce laissa tomber :

— Je ne serai pas toujours là. Aurélie doit être indépendante.

— Elle n'a pas encore neuf ans !

— Mais son handicap l'a fait mûrir très vite. Crois-moi, elle doit apprendre à se défendre.

C'était une nouvelle Lucrèce qui parlait. Plus dure, moins impulsive. Son père savait qu'elle s'efforçait de se protéger contre les malheurs qui l'avaient frappée, mais il ne pouvait s'empêcher de regretter son comportement de jadis.

— Et toi, ma chérie ? osa-t-il insister. Es-tu à même de te défendre ?

Elle lui jeta un regard blessé.

— Disons que je refuse désormais de me mettre en danger.

Tous deux savaient à qui elle faisait allusion. Après avoir espéré former un nouveau couple avec Louis Ferrier, Lucrèce avait brutalement rompu en comprenant que le médecin avait des vues sur plusieurs olivettes dominant la route de Mirabel.

« L'endroit serait idéal pour édifier ma clinique pneumologique », lui avait-il dit, vantant, sans lui laisser le temps de parler, la vue sur les oliviers et sur Nyons, la situation à l'abri du mistral, la proximité des hôtels et de la gare de Nyons...

Lucrèce l'avait considéré avec stupeur.

« Louis ! Auriez-vous perdu l'esprit ? Dans ma famille, on sauvegarde précieusement les champs d'oliviers. Pas question de les transformer en terrains à bâtir ! »

Tous deux s'étaient affrontés du regard avant que Louis ne l'attire vers lui.

« Voyons, ma chère... J'ai pris des engagements, obtenu un prêt de mon banquier... Nous allons nous marier, vous et moi. Ces terrains sont éloignés de la Combe et leur entretien vous donne plus de soucis que de profit. Pourquoi ne pas m'aider à les rentabiliser ? »

Ce mot, comme son attitude, l'avait choquée. On ignorait tout de la notion de rentabilité dans sa famille. On aurait préféré vendre la maison plutôt qu'un seul arbre. Si Ferrier ne comprenait pas cela, ils n'avaient aucun avenir possible. Elle aurait désiré oublier la suite. L'homme qui, croyait-elle, était capable de la protéger s'était révélé un triste sire. Il avait multiplié les tentatives de séduction avant de tempêter. Lucrèce cherchait-elle à causer sa ruine ? Il s'était engagé, avait donné sa parole...

« Au sujet de terres ne vous appartenant pas ? avait coupé Lucrèce, glaciale. Permettez-moi de vous trouver quelque peu léger... »

Elle avait cru, l'espace d'un instant, qu'il allait lui sauter à la gorge.

« Vous me le paierez ! » lui avait-il lancé en enfonçant son chapeau sur sa tête.

Marie-Rose, surgie d'on ne savait où, lui avait ouvert toute grande la porte du mas.

« Adieu, monsieur Ferrier ! Je ne pense pas que vous soyez le bienvenu à la Combe, désormais ! »

L'affaire avait fait du bruit en ville, Ferrier se répandant en calomnies. Il s'était trouvé quelques personnes pour reprocher à Lucrèce d'avoir laissé passer une occasion de créer des emplois. La majorité, en revanche, l'avait approuvée. Que deviendrait le Nyonsais sans ses oliviers ?

Ces rumeurs ne troublaient pas la jeune femme. Son père l'avait soutenue sans réticence, ce qui n'était pas le cas d'Armide. A l'entendre, Ferrier était un médecin des plus capables.

« Eh bien ! dans ce cas, il n'aura aucune peine à s'établir ailleurs ! » avait répliqué Lucrèce, ulcérée.

Elle s'était sentie trahie. De toute évidence, Louis Ferrier l'avait courtisée parce qu'il avait des vues sur leurs olivettes. Armide, heureuse en ménage, ayant un fils en bonne santé, ne pouvait comprendre la réaction de sa sœur. Pourtant, Lucrèce n'était pas jalouse d'elle, non. Elle aurait simplement voulu trouver en Armide une confidente et une amie.

La Combe aux Oliviers

Heureusement, Marie-Rose l'épaulait. Sans elle, Lucrèce n'aurait pu sillonner la région au volant de sa Mathis. La crise économique avait entraîné une mévente de l'huile d'olive et provoqué une lutte d'influence entre les différents producteurs. Certains employaient des méthodes peu recommandables, n'hésitant pas à pratiquer une forme de vente forcée en expédiant deux estagnons d'huile au lieu d'un, ou encore en faisant référence à la caution d'un ecclésiastique ou d'un chanoine (parfois totalement imaginaire) qui se portait garant de leur probité...

Lucrèce, pour sa part, démarchait ses clients en ciblant les restaurateurs, les savonneries et les presbytères. On savait en effet que l'Eglise était une grande consommatrice d'huile d'olive, non seulement pour l'administration des sacrements mais aussi pour l'éclairage permanent dans les chapelles comme dans les basiliques pour attester de la présence du saint sacrement. D'ailleurs, une coutume ancienne permettait aux enfants de chœur de chaque paroisse de faire le tour des moulins afin de recueillir de l'huile. Cette huile était versée dans un petit bidon appelé la « conscience ».

Ecoutant les suggestions de son père, elle avait aussi contacté des horlogers tant à Valréas que sur Orange ou Montélimar. Ce corps de métier utilisait des burettes d'huile d'olive destinées au graissage des mécanismes. Monsieur Plumet, horloger à Montélimar, avait fait un jour une démonstration à Lucrèce. Elle l'avait vu verser l'huile dans une bouteille spéciale où avait été introduite au préalable une lame de plomb. Une fois bouchée, la bouteille était exposée au soleil. L'oxydation du plomb attirait les matières acides de l'huile qui se déposaient lentement sur la lame de plomb. Il suffisait ensuite d'ôter celle-ci et de filtrer l'huile pour recueillir l'excellence du produit.

La conquête progressive de ces marchés était une entreprise de longue haleine. Les représentants étaient en général des hommes. Lucrèce devait se faire accepter en tant que femme et en tant que productrice d'huile. Elle s'amusait parfois de voir ses hôtes hésiter quant à la conduite à tenir à son égard.

« Ne vous occupez pas de moi ! avait-elle envie de leur crier. Seulement de mon produit ! »

Elle croyait en l'excellence de leur huile d'olive. C'était sa force.

Paul et elle en avaient parlé, quelques semaines auparavant. Il ambitionnait de faire de l'huile de Nyons un produit haut de gamme, tout en mesurant les obstacles. Partout, on ne mentionnait que « l'huile d'Aix », ce qui était injuste aussi bien pour les producteurs du Nyonsais que pour ceux de la vallée des Baux.

— Il faudrait nous regrouper entre oléiculteurs, reprit Lucrèce.

Son père secoua la tête.

— Je crains que le moment ne soit pas encore venu. D'ici une vingtaine d'années, peut-être...

A cet instant, elle mesura combien le gel de l'année précédente l'avait affecté. Il paraissait vieilli, et désenchanté. Elle tendit la main vers lui.

— Tu sais que je me battrai toujours pour la Combe.

Il hocha la tête. L'émotion entre le père et la fille était palpable.

— Je sais, mon petit, mais il n'est pas question que tu sacrifies ta vie personnelle au domaine.

Lucrèce haussa les épaules.

— Ma vie personnelle... répéta-t-elle d'un ton désabusé.

Le cœur d'Ulysse se serra.

« Toi et moi ne sommes pas faits pour le bonheur », pensa-t-il.

Pourtant, il était injuste, puisque la présence de Marie-Rose à ses côtés lui procurait du bien-être et une certaine sérénité.

— Tu es si jeune encore, se borna-t-il à dire.

Une bûche s'effondra dans une gerbe d'étincelles. Aurélie passa la tête dans l'entrebâillement de la porte.

— Venez voir comme ça sent bon ! lança-t-elle.

Le père et la fille la rejoignirent dans la salle.

Marie-Rose, les joues rouges, faisait couler sa pâte, faite de miel de lavande, de sirop de sucre et d'amandes, dans des cadres de bois chemisés de papier d'hostie.

Elle se retourna vers Ulysse et Lucrèce.

— Cette fois, je crois bien que nous avons réussi notre nougat, Aurélie et moi ! s'écria-t-elle.

Il y avait comme un parfum de bonheur dans la salle.

16

Septembre 1937

C'était le premier jour de septembre. Après un été de canicule, la température s'était un peu rafraîchie mais seulement la nuit. Lucrèce guettait ses oliviers d'un air inquiet. « Trop chaud, trop froid... je suis folle d'être aussi attachée à ces arbres ! » pestait-elle parfois. Et Marie-Rose glissait : « C'est parce qu'ils sont fragiles que tu y tiens tant. »

« Et moi ? pensait souvent Aurélie. Est-ce que tu m'aimes ? »

La poliomyélite l'avait marquée. Elle se réveillait encore parfois en sursaut, persuadée qu'elle était toujours prisonnière des appareillages barbares qui l'avaient clouée au lit durant plus de six mois. Par la suite, l'école, puis le collège ne lui avaient pas permis de s'épanouir. Ayant beaucoup lu, Aurélie possédait une foule de connaissances, qui n'impressionnaient guère ses camarades. Si elle lisait couramment le grec et le latin, elle ne parvenait pas à aller explorer le Devès ni à courir comme les autres. Sa démarche déhanchée, sa jambe atrophiée lui avaient valu des moqueries de la part des écoliers. Elle avait vite compris qu'elle n'était pas de force à se battre sur ce terrain. Comment lutter contre l'évidence ? Aurélie avait conservé un handicap et, malgré ses efforts, serait toujours différente. Curieusement, Marie-Rose et son grand-père en avaient plus conscience que sa mère. A moins que Lucrèce, toujours débordée, parcourant la région au volant de sa voiture, n'ait refusé d'admettre la réalité ? Elle se comportait la plupart du temps comme si sa fille avait été comme les autres. Certes, ce parti pris avait permis à Aurélie de ne pas s'apitoyer sur son sort, mais elle aurait aimé de temps à autre pouvoir confier à sa mère ses doutes et ses angoisses. Elle avait pris le pli d'écrire très jeune. Des poèmes, d'abord, puis des contes, qu'elle recueillait auprès des personnes âgées de Roussol, du Pègue ou de Venterol.

« La vie change, petite », lui disait la vieille Mélie, née en 1850, qui avait passé la plus grande partie de sa vie à faire la « bugade » chez les autres.

Marie-Rose, habituée à voir Aurélie noircir ses cahiers, jetait de temps à autre un coup d'œil admiratif au-dessus de son épaule.

« Ecrire pour le plaisir... alors que j'ai bien de la peine à donner des nouvelles au pays ! Aurélie, il n'y a que toi pour faire ça ! »

L'adolescente esquissa un sourire tout en grimpant le raidillon menant à ses oliviers préférés, ceux qui s'étageaient entre Mirabel et Nyons. Sa jambe la tirait mais elle avait cessé depuis longtemps d'y prêter attention. Elle l'avait expliqué un jour à l'oncle

La Combe aux Oliviers

Etienne : « Je fais comme si... J'ai toujours au fond de moi l'espoir que je me réveillerai un jour comme avant. »

Lui, si peu expansif, l'avait alors serrée contre lui en soufflant qu'elle avait beaucoup de courage. Aurélie en doutait. De toute manière, elle n'avait pas le choix ! Il lui avait fallu avancer, se battre, pour ne pas rester prisonnière de sa chambre.

Les cigales stridulaient en sourdine. Le vent agitait doucement le feuillage argenté des oliviers, qui s'inclinaient vers la droite comme pour la saluer. Le vent rabattait ses cheveux sur son visage et elle se sentait vivante, terriblement vivante, comme chaque fois qu'elle se promenait au milieu des arbres sacrés. En face d'elle, le paysage lui offrait une succession de champs d'oliviers, rompue parfois par une terre moissonnée.

Elle avait tenu à venir seule dans ce qu'on appelait encore dans la famille « les olivettes de grand-mère Eugénie ». Il s'agissait de sa bisaïeule, qui avait apporté ces champs en dot. Ils donnaient des olives charnues, si belles qu'on les conservait dans la saumure ou bien « piquées » grâce à la machine à piquer les olives.

A seize ans, Aurélie se trouvait à la croisée des chemins. Elle avait poursuivi ses études au collège de Nyons tout en se demandant quel métier elle pourrait exercer. Une carrière dans l'enseignement ne la tentait guère. Elle redoutait en effet d'avoir à subir des quolibets, des remarques dans son dos. Marie-Rose avait beau lui affirmer que les enfants n'allaient pas voir si loin et que sa position d'institutrice la protégerait des moqueries, Aurélie ne s'était pas laissé convaincre. Il lui fallait un poste assis.

Grand-père Ulysse savait que la secrétaire de mairie de Roussol s'apprêtait à partir en retraite. « Si tu veux, mademoiselle Alphonsine peut te former », avait-il proposé à sa petite-fille. Aurélie avait appris seule à taper à la machine. Son niveau d'études lui permettrait d'assumer sa tâche sans souci majeur. « Pourquoi hésiter, dans ces conditions ? » la morigénait Hermance.

La fille de Marie-Rose ne pouvait pas comprendre. Grande et pulpeuse, une masse de cheveux châtains souplement ondulés, des yeux bleu foncé piquetés de sombre... elle était belle, et jouait de son charme avec un art consommé. Après avoir travaillé dans une fabrique de cartonnages de Valréas, elle avait trouvé un emploi de vendeuse dans un bazar. Son aplomb, sa beauté impressionnaient Aurélie, qui se sentait gauche comparée à elle.

Elles s'étaient toujours bien entendues, malgré la rivalité latente qui les opposait, d'autant plus forte que tue. Hermance jalousait Aurélie car sa mère s'était toujours beaucoup occupée d'elle. Et Aurélie rêvait d'être aussi belle qu'Hermance.

« Je ne resterai pas toujours à Valréas, affirmait celle-ci. J'ai besoin de vivre en ville. A Avignon, par exemple. »

Lucrèce les y avait emmenées à deux reprises, en compagnie de Marie-Rose, qui avait pensé mourir de peur sur la route. Alors qu'Aurélie avait dévalisé les librairies et admiré sans réserve le palais des Papes, Hermance avait entraîné sa mère dans les magasins de

La Combe aux Oliviers

la rue de la République. Elle en était revenue avec deux chapeaux et une paire de sandales en velours noir aux talons vertigineux.

Aurélie en aurait pleuré en voyant ces chaussures, elle qui était condamnée aux espadrilles lacées quand elle refusait de porter ses affreux souliers de maintien orthopédique.

Marie-Rose avait lu la détresse dans les yeux de sa protégée.

« Si tu veux, je t'apprendrai à danser », lui avait-elle promis.

Aurélie s'en souvenait alors qu'elle respirait une longue bouffée d'air. Un parfum de genévrier, entêtant, lui laissait croire que l'été ne faisait que commencer. Pourtant, la course des nuages dans le ciel, l'amas de feuilles séchées gisant sur le sol et les jours qui avaient raccourci d'un coup révélaient l'arrivée de l'automne. C'était la saison préférée d'Aurélie, le moment de l'année où elle appréciait tout particulièrement le soleil, alors que la température ambiante avait bien baissé.

Un léger bruissement, pareil à un souffle, parcourut les herbes. Le champ était « vivant », il faisait partie d'elle. Elle était très jeune en 1929, elle avait à peine huit ans, mais elle se souvenait des pressions exercées par Louis Ferrier sur sa mère pour arracher « les oliviers de grand-mère Eugénie ». Lorsque Lucrèce avait rompu, Marie-Rose et Aurélie s'étaient embrassées en fredonnant un air à la mode, « La plus bath des javas ». Marie-Rose connaissait toutes les chansons depuis que grand-père Ulysse avait fait l'acquisition d'un poste de TSF. Il faisait bon au mas, et la gaieté était de mise. L'atmosphère était différente à la Villa Myrielle. A Dieulefit, Aurélie se sentait toujours « en visite ». Ses grands-parents paternels étaient pourtant toujours charmants avec elle, mais elle percevait qu'ils ne la voyaient pas vraiment, *elle*, Aurélie. Non, ils cherchaient plutôt à retrouver sur son visage les traits de leur fils disparu. De crainte de les peiner, elle n'osait guère leur poser de questions au sujet de son père. En grandissant, elle aurait aimé tout savoir. Quels étaient ses rêves d'enfant, ses goûts en matière de lecture ou de musique... En l'absence de grand-mère Myrielle, grand-père Léon la laissait se plonger dans les albums de photos. Au fur et à mesure qu'elle tournait les pages, elle s'inventait un héros ayant pour prénom Adrien. Une fois, elle avait dérobé une photographie représentant son père en tenue d'aviateur. Lucrèce n'avait aucun cliché à la Combe.

« Je n'aime pas les poses figées », répondait-elle lorsqu'on lui en faisait la remarque.

Aurélie se disait parfois que sa mère n'avait toujours pas oublié Adrien.

Elle jeta un dernier regard au paysage et rejoignit sa jument, Sibelia, attelée à la jardinière. Ce moment volé au temps passé dans les « olivettes de grand-mère Eugénie » lui avait permis de voir un peu plus clair en elle-même.

Elle était décidée à travailler à la mairie. Parce qu'elle n'était pas prête à quitter la Combe.

17

Septembre 1938

Chaque soir, on s'installait au mas suivant sa préférence. Aurélie et son grand-père lisaient, Marie-Rose écoutait en sourdine la TSF tout en tricotant et Lucrèce se plongeait dans ses comptes. Hermance, elle, était souvent invitée chez des amies. Elles dansaient chez Pauline, qui possédait un phono, se mettaient du vernis sur les ongles, en prenant bien soin de dissimuler leurs mains lorsqu'elles rentraient chez elles, échafaudaient des projets pour les prochaines veillées et les fêtes votives. Hermance avait beaucoup de succès, ce qui inquiétait parfois Marie-Rose, car elle redoutait de voir sa fille taxée de légèreté. Quand elle lui en faisait la remarque, Hermance lui répondait vertement : « Ce n'est tout de même pas de ma faute si je ne suis pas un bas-bleu comme Aurélie ! »

Lucrèce releva la tête. Elle avait toujours aimé l'atmosphère douillette du petit salon. C'était la seule pièce du mas dont les murs étaient recouverts d'une indienne lumineuse, dans des tons de jaune et d'ivoire. Les fauteuils et l'ottomane étaient des meubles de famille apportés par Laurette le jour de son mariage. Un tapis, qui se transmettait chez les Valentin depuis plusieurs générations, représentait Athéna offrant un olivier aux Grecs.

— Il va falloir prendre des mesures, annonça-t-elle.

La crise économique, survenue un an après le gel de 1929, avait frappé de plein fouet la filière oléicole.

Ulysse Valentin referma *L'Odyssée*, qu'il prenait toujours autant de plaisir à relire.

— Que suggères-tu ? s'enquit-il.

Lucrèce soutint son regard empreint de lassitude. Elle posa les mains bien à plat sur le bureau.

— Nous avons le mazet situé en bordure du chemin de Belleviste. Nous pourrions le louer...

— Le louer ? se récria son père. Et ne plus être chez moi ?

— Voyons, père, le mazet n'est pas tout près de la maison. Les hivernants viennent toujours plus nombreux chercher soleil et air pur. Il suffirait de retaper la petite maison...

— Bonne idée ! glissa Aurélie.

Elle souffrait pour sa mère qui se tourmentait sans répit afin de sauvegarder le domaine. Lucrèce ne pouvait compter sur le soutien d'Armide, qui se désintéressait totalement des oliviers. Elle se demandait parfois pour quelle raison son aînée et elle s'entendaient si mal. « Peut-être bien tout simplement parce qu'elle a peur de toi », lui avait un jour glissé Marie-Rose.

La Combe aux Oliviers

Etienne, en effet, c'était visible, admirait Lucrèce et ne cachait pas l'affection qu'il lui portait. Il n'y avait pas d'ambiguïté dans son comportement mais Armide, qui avait toujours jalousé Lucrèce, en prenait ombrage.

« Deux filles si différentes... » soupirait parfois le maître du mas.

Marie-Rose lui avait dit un jour, en riant : « Dommage que je sois trop vieille, à présent. Moi, je vous aurais peut-être donné un fils ! »

Et Ulysse Valentin, en secouant la tête : « Il n'y a jamais eu de bâtard à la Combe. »

Ce jour-là, Marie-Rose n'avait rien répondu mais elle s'était enfermée dans sa chambre pour y pleurer tout à son aise. Pourquoi Ulysse se montrait-il aussi cruel avec elle ? Parce qu'il avait peur de lui laisser voir ses sentiments ? Ou, plutôt, parce qu'il n'éprouvait rien pour elle ?

Cette idée lui était intolérable. Elle caressait de temps à autre l'idée de retourner dans ses Ardennes, pour y renoncer l'instant d'après. Elle aimait Ulysse, le mas. Et, par-dessus tout, elle aimait Lucrèce et Aurélie. Toutes deux avaient besoin d'elle tandis qu'Hermance était capable de se débrouiller seule.

— Louer le mazet... répéta Ulysse Valentin, à regret.

— Nous n'avons pas le choix, reprit Lucrèce avec force. Nous avons besoin d'argent frais.

— Je peux fort bien me passer de mon salaire, intervint Aurélie.

Sa mère secoua la tête.

— Ne dis pas de sottises ! Ce n'est pas à toi de financer le domaine.

Lucrèce avait une hantise, que l'état de santé de sa fille se dégrade. Elle épargnait donc chaque mois afin de constituer une réserve « au cas où... ».

— Eh bien soit ! acquiesça enfin le maître du mas. Nous mettrons des annonces dans *Le Pontias*.

L'affaire fut rondement menée. Un mois plus tard, après que le mazet eut été chaulé de frais et aménagé grâce aux meubles qui encombraient les greniers, le nouveau locataire, Henri Gauthier, arrivait à la Combe. Agé de presque trente ans, il était grand, un peu voûté, et avait le regard doux des myopes. Fils de pharmaciens lyonnais, il se consacrait à la peinture. Les brouillards des bords de Saône ne convenant pas à ses bronches fragiles, il avait eu envie de découvrir la Combe aux Oliviers dès qu'il avait pris connaissance de l'annonce.

Le nom l'avait séduit, expliqua-t-il à Lucrèce, venue l'accueillir en gare de Montélimar. Ils discutèrent peinture et histoire en chemin. Son hôtesse était intarissable sur la région. Emerveillé par Grignan, Henri Gauthier se promit de revenir peindre le château « sur le motif ».

— Nous vous prêterons une jardinière, lui proposa Lucrèce.

Devant le mazet, le Lyonnais apprécia en connaisseur le bleu dur du ciel, la lumière tamisée par le feuillage des oliviers.

— Les voici, ces fameux oliviers ! s'écria-t-il.

Et il cita de mémoire une phrase de Jean Renoir, le cinéaste et fils du peintre :

La Combe aux Oliviers

— « L'ombre des oliviers est souvent mauve. Elle est toujours mouvante, lumineuse, pleine de gaieté et de vie. »

Lucrèce se mit à rire.

— Qui serait assez fou pour peindre nos arbres ? Il suffit d'ouvrir les yeux chaque jour...

Elle lui fit faire le tour du propriétaire, lui indiquant qu'il avait un puits dans la cour et que la cheminée de la salle tirait bien.

— Venez partager notre souper, proposa-t-elle. Il y aura des caillettes et du pain d'aubergines. Vous verrez, c'est délicieux.

Il acquiesça, la suivit des yeux tandis qu'elle courait vers sa voiture. Sa longue natte noire lui battait le dos. Il l'imagina avec les cheveux épandus et se troubla. Cette belle femme possédait un charme, une personnalité diablement attirants.

Elle démarra, sèchement. Il pensa que, pour être aussi pressée, elle devait se hâter vers un rendez-vous d'amour. Et il se surprit à envier l'heureux élu.

Une odeur particulière imprégnait les murs du moulin, à la fois chaude et entêtante.

Comme chaque automne, Paul vérifiait le bon état du moulin. Il fallait graisser les engrenages, retendre les courroies, piquer et boucharder les meules de pierre usées au cours des précédentes saisons...

Il avait acquis de l'assurance depuis l'époque où il avait pris la succession de son père. Désormais, il savait qu'il était bel et bien fait pour le métier de moulinier. Sa mère était fière, le dimanche matin, lorsqu'elle remontait la rue Nationale à son bras pour se rendre à la messe. Janie avait plutôt bien vieilli. Elle se tenait toujours droite et souriait souvent. A croire, affirmaient les mauvaises langues, que le statut de veuve lui convenait mieux que celui de femme mariée... Son seul regret était le célibat de son fils.

« J'aimerais tant que tu me fasses grand-mère ! » lui répétait-elle.

Paul ne répondait pas. Grand-mère... sa pauvre mère risquait d'attendre encore longtemps si la femme qu'il aimait s'obstinait à refuser de l'épouser ! Il avait essayé, pourtant, de l'oublier... en vain ! En compagnie de Marceau, un camarade d'école, il s'était même rendu un soir, en prenant mille précautions car il tenait à une certaine discrétion, à Port-Arthur, la « maison » de Nyons, située de l'autre côté du pont roman.

Si l'ambiance était plutôt bon enfant, les filles ne l'avaient guère attiré. Le simple fait de savoir qu'elles offraient au passant un plaisir tarifé lui avait donné envie de tourner les talons. Il était resté à cause de Marceau mais était rentré chez lui au petit matin, avec un goût amer dans la bouche. Décidément, il était beaucoup trop sentimental pour se lancer dans ce genre d'aventures !

Il avait donc attendu. Longtemps. En souffrant mille morts quand Lucrèce avait fréquenté Ferrier. Le jour où elle avait rompu, elle était venue au moulin se confier à lui. « Tu es mon meilleur ami », lui répétait-elle. Et lui se sentait crucifié entre désir et devoir. La situation s'était enfin dénouée entre eux, à l'hiver.

Une soirée glaciale, une veillée partagée chez des anciens de leur classe... Au retour, Paul avait serré Lucrèce contre lui.

« Je n'ai pas envie de te laisser repartir », lui avait-il dit. Il se souvenait de leur premier baiser, passionné et troublant, infiniment. Il se rappelait la douceur de ses lèvres, et le regard presque effrayé qu'elle avait posé sur lui.

« Ne dis rien, avait-elle prié. Pas de promesse, pas de serment que tu ne pourrais pas tenir... »

Il la désirait à ses côtés pour la vie, et même après. Il le lui dit. Elle ne se fâcha pas.

« Prouve-le-moi », se borna-t-elle à répondre.

Depuis près de deux années, il s'y efforçait. Il l'aimait comme un fou.

Et ne désespérait pas de la convaincre de l'épouser.

18

Janvier 1939

Le soleil d'hiver perçant le ciel presque blanc conférait une lumière étrange au domaine. Lumière qui, curieusement, rappelait au peintre lyonnais le ciel du Nord.

Assis sur son pliant, Henri Gauthier dessinait avec fièvre. Face à lui, Aurélie et Hermance cueillaient les dernières olives de la saison.

Les fruits étaient parvenus à maturation plusieurs semaines auparavant. Durant des jours et des jours, les olivettes avaient connu une joyeuse animation. Le maître avait embauché les mêmes cueilleurs que les autres années, hommes et femmes habitués à travailler ensemble et à se répartir les tâches. Tous étaient fiers de cueillir plus de cinquante kilos d'olives par jour. Aurélie et Hermance, qui travaillaient en dehors du domaine, n'avaient pu se joindre aux ouvriers agricoles. Elles se chargeaient donc de passer pour la deuxième fois sous chaque olivier. C'était là un usage auquel personne n'aurait eu l'idée de déroger : la première fois, on laissait sur l'arbre les olives pas encore tout à fait mûres, notamment celles qui étaient exposées au nord. On y revenait à la fin des olivades. Ensuite, environ deux semaines plus tard, viendrait le tour des grappilleuses. Il s'agissait d'une pratique remontant aux temps bibliques, dont le but était de fournir un moyen de subsistance aux plus pauvres.

— Mademoiselle Hermance, pouvez-vous vous retourner vers moi ? pria Henri Gauthier.

Il aurait voulu la peindre comme Berthe Morisot l'avait fait dans *Le Cerisier* en représentant sa fille, Julie. Il émanait de toute sa personne une impression de dynamisme, de vitalité, qui le séduisait. A côté d'Hermance, Aurélie, plus jeune, plus réservée, paraissait presque effacée. Restée sous l'arbre, elle vérifiait du regard que son amie ne laissait rien passer. Mine de rien, elle observait, aussi, la façon dont Henri contemplait Hermance. Visiblement, il était sous le charme. Et elle, Hermance ? Le trouvait-elle à son goût ? Elle avait déjà fait perdre la tête à plus d'un garçon et maîtrisait le jeu de la séduction. Malgré ses vingt-huit ans, Henri Gauthier n'était pas de force.

Désenchantée, Aurélie baissa la tête. Elle avait rêvé du peintre durant plusieurs semaines, sensible à sa courtoisie et à son érudition. Il lui avait prêté des livres, *L'Araigne*, qui avait valu le prix Goncourt à Henri Troyat l'année précédente, et *L'Empreinte du dieu*, de Maxence Van der Meersch, récompensé du même prix trois ans auparavant.

La jeune fille s'était sentie importante à ses yeux. Elle avait imaginé qu'il la considérait autrement que comme une amie, avait rêvé d'une déclaration... Or cet après-midi d'hiver, elle assistait, témoin muet et impuissant, à une attraction irrésistible entre les deux jeunes gens.

Il se leva précipitamment pour aider Hermance à descendre de son cavalet. Elle se raccrocha à son épaule en riant. Ils s'éloignèrent bras dessus, bras dessous, en bavardant gaiement, comme si tous deux étaient seuls au monde.

Le cœur lourd, Aurélie ramassa les paniers, les chargea sur la charrette. Alors seulement, elle osa s'approcher du chevalet d'Henri. Ce qu'elle vit la fit reculer de deux pas. Le peintre avait représenté Hermance nue, telle une déesse antique. Il n'y avait pas d'oliviers sur la toile. Rien que la silhouette voluptueuse d'une femme faite pour l'amour, qui ne portait pas de brodequins disgracieux.

Aurélie pensa que les quolibets de ses camarades de classe lorsqu'elle était écolière n'étaient rien comparés à la souffrance qu'elle éprouvait aujourd'hui. Elle ignorait à l'époque qu'en grandissant, ce serait bien pire.

Elle sut brusquement que l'amour n'était pas pour elle. Cela lui fit mal, terriblement mal, mais personne n'y pouvait rien.

Elle se hissa sur le siège de la charrette et fit claquer sa langue. Il était grand temps de rentrer. Le soleil avait disparu.

D'un geste souple du poignet, Marie-Rose étala sa pâte dans la tourtière et respira à fond dans le but de se calmer. Elle savait bien, cependant, que rien n'y ferait. La colère bouillonnait en elle. Elle ouvrit, trop brutalement, la porte du four et se brûla la main. Les larmes perlèrent à ses yeux.

« Je ne suis qu'une vieille femme stupide », pensa-t-elle. Pourtant, à quarante-neuf ans, elle se sentait encore jeune et, malgré le travail qu'elle effectuait chaque jour, elle était toujours aussi vaillante. Non, ce qu'elle n'acceptait pas, c'était le comportement de sa fille. Hermance, en effet, n'avait rien trouvé de mieux à faire que de partir s'installer à Avignon en compagnie du « barbouilleur », comme elle appelait Henri Gauthier. L'histoire avait fait le tour du pays, d'autant qu'Hermance avait démissionné avec fracas du bazar où elle travaillait.

« Mon ami a de nombreuses relations à Avignon, je retrouverai sans problème une place meilleure qu'ici ! » avait-elle plastronné. La propriétaire du bazar, qui supportait déjà mal les hauts talons et les ongles peints de sa vendeuse, avait failli s'étouffer de rage et ne s'était pas privée de tailler en pièces la réputation d'Hermance. La mère et la fille avaient eu une explication orageuse.

« Je suis ton chemin, avait jeté Hermance à Marie-Rose. Me croyais-tu donc aveugle ? Toutes ces années durant lesquelles le maître s'est glissé dans ta chambre comme un voleur... »

Marie-Rose aurait voulu retenir la gifle qui était partie dans la seconde. C'était trop tard ! Sa fille, la main sur sa joue qui la brûlait, avait lancé :

« Ne compte pas me revoir ! Jamais ! »

Elle était partie, emportant dans une valise, celle-là même avec laquelle Marie-Rose était arrivée à la

Combe en 1916, ses vêtements et ses livres. Sa mère n'avait pas esquissé un geste pour la retenir. Connaissant le caractère entier d'Hermance, elle savait que ce serait inutile.

Ulysse l'avait réconfortée, un peu plus tard. Il lui avait répété qu'on ne retenait pas ses enfants contre leur gré, qu'Hermance avait toujours mal supporté les règles et les interdits.

« Elle prend son envol, c'est dans l'ordre des choses », lui avait-il dit.

Il ne pouvait pas comprendre ce qu'elle éprouvait. A la honte de voir sa fille unique partir s'installer en ménage – « à la colle », disait-on autrefois, avec un mépris non dissimulé – s'ajoutait le poids de sa propre culpabilité. « Je suis ton chemin ! » lui avait lancé Hermance, et cette idée même était intolérable à Marie-Rose.

Elle releva la tête. Par l'oculus surmontant la pierre à évier, elle apercevait les oliviers en fleur, une vision magique qui ravissait Ulysse et Lucrèce.

« Une belle année en perspective... commentait le maître. Pourvu que... »

Il n'avait pas besoin d'achever sa phrase. Toutes, à la Combe, connaissaient ses tourments. Pourvu qu'une gelée tardive (cela s'était déjà vu) ne vienne pas compromettre la promesse des fleurs. Pourvu que l'été ne soit pas trop sec, au risque de faire tomber les fruits à peine formés. Pourvu que l'automne ne soit pas trop pluvieux. Pourvu que la mouche se tienne tranquille... Le métier d'oléiculteur, comme tous les métiers de la terre, était contraignant et anxiogène. S'il avait été seul en cause, Ulysse Valentin eût été plus philosophe. Mais le domaine devait subvenir aux besoins de plusieurs personnes. Lucrèce cherchait en vain un nouveau locataire. On ne pouvait plus allumer la TSF ou ouvrir le journal sans découvrir de nouvelles informations alarmantes.

Marie-Rose se signait. La perspective d'une nouvelle guerre l'épouvantait. Elle se revoyait, fuyant les Ardennes avec Hermance dans un couffin.

Elles avaient transité par la Suisse, échoué elle ne savait comment dans la Drôme. On lui avait dit, à Taulignan, que monsieur Valentin acceptait de recevoir des réfugiés. Lorsqu'elle avait remonté l'allée menant à la Combe aux Oliviers, elle avait pressenti qu'Hermance et elle pourraient y prendre un peu de repos. Elle n'imaginait pas, alors, que plus de vingt ans après, elle y vivrait toujours.

— Hum ! Ça sent bon !

Aurélie vint plaquer un baiser sur la joue de celle qui l'avait élevée. Elle était ébouriffée.

— Le mistral s'est levé, expliqua-t-elle. Il me poussait dans le dos... Bellérophon avait des ailes !

— Comme si vous ne pouviez pas donner des noms « normaux » aux bêtes, ton grand-père et toi ! grommela Marie-Rose. Bellérophon... a-t-on idée ?

Elle grognait pour la forme, tout en admirant la silhouette élancée de celle qu'elle considérait comme sa seconde fille.

Lorsqu'elle souriait, Aurélie ressemblait de façon troublante à Lucrèce. La mère et la fille s'aimaient tendrement tout en peinant à le montrer. Lucrèce avait eu si peur pour Aurélie qu'elle devait prendre sur elle afin de ne pas lui laisser voir ses craintes.

La Combe aux Oliviers

Quant à la jeune fille, elle se trouvait trop insignifiante, comparée à la personnalité solaire de sa mère. Le départ d'Henri avec Hermance l'avait confortée dans cette idée. Pour lui, elle n'était qu'une enfant.

Elle admira comme il se devait les réalisations culinaires de Marie-Rose avant de se retirer dans sa chambre, située au rez-de-chaussée. Le chat Agamemnon l'y accompagna. C'était un chat curieux, blanc et roux avec des yeux verts presque transparents. Sauvage, il ne se laissait approcher que par Aurélie et dormait au pied de son lit.

Elle se débarrassa de ses « vêtements de travail », comme elle nommait la jupe noire et le chemisier blanc qu'elle portait à la mairie, passa un pantalon dans lequel elle se sentait beaucoup plus à l'aise et un polo.

Libérée de ses chaussures montantes particulièrement pénibles dès que la chaleur augmentait, elle s'installa sur son lit pour écrire.

Elle ne se demandait même pas si elle aurait un jour la chance d'être éditée. Elle avait besoin d'écrire, tout simplement, pour se sentir libre dans sa tête.

19

Avril 1939

Un vautour survolait le camp de Crest, dans la Drôme, en craillant. Un bruit caractéristique, qui rappelait à Karl Werner d'autres rapaces, dans un autre pays. L'Espagne, où il avait combattu en tant que brigadiste, trois années auparavant.

S'il regardait en arrière, ce qui lui arrivait rarement, Karl éprouvait une sorte de vertige. Toutes ces années d'errance, durant lesquelles il avait lutté, pour la survie des siens et pour sa propre liberté... Tant de combats, pour finalement se retrouver à nouveau dans un camp, comme son père. Seule différence, Crest se trouvait en France et les nazis n'y avaient pas droit de cité. Tout au moins, pas encore.

Il n'avait que dix-sept ans lorsque, en 1933, il avait fui Berlin en compagnie de sa mère et de sa sœur, Elsa, mais il n'avait rien oublié. Une enfance heureuse, dans le grand appartement de l'Orianenburgstrasse, en plein quartier juif, même si ses parents, Leo et Frida, n'étaient pas pratiquants. Leo

Werner, avocat, se consacrait à la défense de ses coreligionnaires et Frida élevait leurs enfants tout en poursuivant sa carrière de musicienne. Elle était reconnue comme l'une des meilleures spécialistes de Mendelssohn, dont le grand-père, Moses, philosophe du XVIIIe siècle, s'était battu toute sa vie pour le droit des Juifs à la citoyenneté allemande. Karl revoyait parfois le grand piano noir de sa mère. Lorsqu'ils étaient venus arrêter son père, Frida avait posé les deux mains bien à plat sur le couvercle noir et brillant, comme pour y puiser de la force. Il se rappelait sa chambre, perchée sous les toits, d'où il apercevait la Spree.

Même si ses parents ne fréquentaient pas la synagogue, ils respectaient la tradition des grandes fêtes juives. Ils recevaient beaucoup dans leur appartement. Des écrivains, des musiciens et des « politiques » qui, à compter de 1932, n'avaient qu'un nom à la bouche, celui d'Hitler. La plupart pensaient que ce fantoche illuminé n'accéderait pas au pouvoir. Comment les Allemands pourraient-ils voter pour un homme qui ne respectait pas les lois ? C'était inconcevable ! Leo Werner secouait la tête. « La haine l'anime, expliquait-il à son fils, c'est un puissant moteur. » Finalement, le parti mené par Hitler, le NSDAP, avait été élu le plus légalement du monde, et Leo avait commencé à prendre certaines dispositions. On ne lui avait pas laissé le temps d'organiser le départ de sa famille pour la France. Un soir, un camion de SA, les déjà tristement célèbres sections d'assaut, composées pour l'essentiel de tueurs et d'hommes de main, s'arrêta au pied de l'immeuble des Werner et une dizaine d'hommes se rua dans l'escalier. Leo les accueillit très calmement et empêcha son fils d'intervenir. Karl le revoyait encore, un homme élégant dans son complet de tweed gris et sa chemise blanche à col cassé. Quelques instants plus tard, le sang coulait sur son visage et sur sa chemise. Karl avait voulu s'élancer ; sa mère et sa sœur l'avaient retenu. Il avait promis à son père de ne pas broncher. Leo savait ce qu'il convenait de faire.

De la fenêtre du salon, Karl avait vu les membres des SA rouer de coups son père qui ne se débattait pas avant de le pousser violemment dans le camion.

Ce soir-là, il s'était promis de le venger. Les jours suivants, Frida et Karl avaient fait le tour de leurs relations, en vain. Nombre de leurs amis écrivains et artistes avaient été arrêtés en même temps que Leo. Les autres, ceux qui étaient en sursis, soit cherchaient à fuir l'Allemagne, soit espéraient parvenir à s'intégrer dans le pays. Karl avait entendu chuchoter le nom d'Orianenburg. C'était comme un clin d'œil du destin puisque leur appartement se trouvait dans l'Orianenburgstrasse. On racontait que les nazis avaient édifié là-bas un camp de concentration, à l'emplacement d'une ancienne brasserie fréquentée par les SA, et ces mots laissaient perplexe. Quelle réalité recouvraient-ils ? Karl l'avait pressentie, un matin de mai glacial, alors qu'il était enfin parvenu à obtenir la libération de Leo. C'était son père et, en même temps, ce n'était plus lui. Un pauvre homme au corps couvert d'hématomes, au regard indicible. Malgré son jeune âge, Karl avait tout de suite compris que son père était condamné. « Ils » ne l'auraient pas laissé sortir si tel n'avait pas été le cas. Le docteur Roth, un vieil ami de la famille, avait confirmé le diagnostic de Karl d'un simple battement de paupières. Leo était mort d'une pneumonie dans la nuit. Il avait embrassé sa femme et ses enfants avant de leur souffler, avec une détermination restée intacte : « Battez-vous. Et partez, quittez notre malheureux pays. » Ils n'avaient pu le faire enterrer dans l'ancien cimetière juif.

Le vent venu du nord soufflait encore sur Berlin ce jour-là. Elsa prétendait qu'elle avait toujours les yeux rouges par grand vent. Seuls quelques amis rescapés les avaient accompagnés. Frida s'était appuyée un instant contre l'épaule de son fils, joue contre joue. Karl se souvenait des larmes de sa mère se mêlant aux siennes alors qu'il se répétait qu'il ne voulait pas pleurer.

Ils avaient fui leur pays qu'ils ne reconnaissaient plus, deux semaines après. Le docteur Roth les avait mis en relation avec un réseau qui s'était constitué juste après l'incendie du Reichstag. Après de nombreuses tribulations, Karl, Frida et Elsa étaient arrivés à Paris en passant par Aix-la-Chapelle et la Belgique. Karl, qui parlait déjà un excellent français, poursuivit ses études. Sa mère donnait des leçons de piano et Elsa fréquentait, elle aussi, une école française. Leur famille, réfugiée dans un minuscule appartement de la rue Mouffetard, survivait tant bien que mal mais, du moins, ils étaient ensemble tous les trois.

Karl avait obtenu son deuxième bachot en juin 1936 et, dès septembre, il s'était engagé aux côtés des républicains espagnols. Après quelques semaines d'entraînement, à Albacete, la base des Brigades internationales, il avait eu le sentiment d'entrer dans la *vraie* vie, enfin, en participant aux combats pour défendre Madrid.

Malgré la peur, malgré les pertes, terrifiantes, malgré la guerre à outrance entre républicains et forces franquistes, Karl avait aimé cette période. Il agissait, n'était plus contraint de rester spectateur, comme le soir où « ils » étaient venus arrêter son père. Il s'était lié d'amitié avec Tanguy, un brigadiste français, vétéran de la guerre de 14-18. Lorsqu'ils voyaient passer dans le ciel les avions marqués de la croix gammée, Tanguy lui disait, après avoir craché par terre : « Tu vois, mon gars, les boches s'entraînent. Après les républicains espagnols, ce sera notre tour. » Il aurait souhaité ne pas le croire. Tout en sachant bien, au fond de lui, que Tanguy avait raison. La guerre d'Espagne constituait un galop d'essai pour les forces nazies. Et le monde refusait de le comprendre.

Karl avait vécu une belle histoire à Teruel. Dolorès et lui étaient tombés amoureux dès le premier regard échangé. Elle avait à peine seize ans, de longs cheveux noirs, un visage pointu et un corps mince et ferme qui s'accordait merveilleusement au sien, la nuit, quand ils se prenaient à rêver que la guerre était loin. La guerre les avait rattrapés un matin où le ciel était encore rose. Une bombe, lâchée par un Junker JU 52 de l'Axe. Dolorès revenait du fournil où elle était allée chercher du pain chaud. Karl avait levé la tête en entendant le vrombissement de l'avion. Il avait hurlé :

La Combe aux Oliviers

« Cours ! » tout en sachant qu'il était déjà trop tard. La déflagration avait fait trembler le sol.

C'était lui qui avait enterré Dolorès, en sanglotant comme l'enfant qu'il était peut-être encore. Les camarades détournaient les yeux. Karl avait murmuré :

« "Si la balle me frappe, si ma vie s'en va, descendez-moi, silencieux, à la terre./Laissez les mots, inutile de parler, celui qui est tombé n'est pas un héros./Il forge des temps futurs, il désirait la paix, pas la guerre./Si la balle me frappe, si ma vie s'en va, descendez-moi, silencieux, à la terre[1]." »

Ce jour-là, Karl s'était juré de ne plus aimer. Il crispa les mâchoires. Deux ans après le drame, il n'avait pas oublié Dolorès. Pas plus que Gaston, Heinrich ou Jiroslav, d'autres camarades, d'autres amis tombés sous les bombes ou les tirs de mitrailleuse. La chute de Madrid avait scellé la fin de leurs espoirs. La reconnaissance diplomatique du régime franquiste par la France et la Grande-Bretagne lui avait donné envie de hurler. A quoi bon s'être battu ? Mais la vie était là, qui continuait... Karl avait ramené en France la femme et le fils de Heinrich, allemand antinazi comme lui. Une longue et pénible marche avec, au cœur, l'angoisse de ce qui les attendait au bout du chemin. Maria del Carmen, la jeune femme, avait combattu elle aussi comme guérillera. Elle portait son fils Antonio sur la hanche, à l'indienne, et ne se plaignait jamais, malgré une méchante blessure à l'épaule.

---

[1]. Extrait de « La Despedida », chant des Brigades internationales.

Après qu'ils eurent réussi à passer en France, elle s'était blottie contre Karl.

« Je voudrais tant que Heinrich soit encore en vie », avait-elle soufflé.

Il avait perçu à quel point elle était perdue. S'il avait tendu la main vers elle, elle se serait élancée dans ses bras. Or, il ne le voulait pas. Un seul but sous-tendait la vie de Karl, combattre le nazisme.

Les réfugiés arrivés d'Espagne dans un état pitoyable s'étaient retrouvés parqués à Argelès, sur une immense plage dépourvue de tout abri. En revanche, on avait hérissé à la hâte le paysage de barbelés.

« Sans doute pour nous protéger », avait ironisé Karl.

Les hommes avaient creusé des trous dans le sable pour les recouvrir ensuite de couvertures et de branches. La tramontane prenait son élan pour remonter tout au long de la plage. Dès les premiers jours, Antonio s'était mis à tousser. Karl avait bataillé pour qu'un des rares médecins (ils étaient à peine une douzaine pour plus de neuf mille réfugiés…) vienne examiner le bébé. Il avait prescrit du sirop, recommandé de bien couvrir le petit et soupiré, en français : « Si rien ne change, la mortalité va être terrible. »

Karl se rappelait la folie meurtrière qui avait fait briller les yeux sombres de Maria del Carmen.

« Sauve mon fils ! avait-elle intimé, posant son poignard à la lame effilée contre la gorge du médecin. C'est tout ce qu'il me reste, désormais. »

Le médecin ne s'était pas laissé démonter. « Madame, je ne suis en rien responsable de la situation. En revanche, si vous nous laissez agir, nous pourrons peut-être l'améliorer. »

Antonio avait survécu. « Un mélange de Berlinois et de Catalan... ce petit est costaud », avait commenté le docteur Lecoq.

A soixante ans, il se battait toujours pour prêcher la tolérance et un certain humanisme. Le médecin condamnait la politique française de « concentration » des réfugiés. Un mot qui ne lui convenait guère ! Il ne comprenait pas pourquoi on s'obstinait à les marginaliser en les parquant dans des camps.

« Dès qu'Antonio ira mieux, je partirai », avait dit Karl à Maria del Carmen. Elle n'avait pas protesté, ayant déjà compris que cet homme-là n'en ferait toujours qu'à sa tête. Parce qu'il avait souffert très jeune de la haine raciale, Karl aspirait à un monde tolérant. En attendant, près de dix mille réfugiés pataugeaient dans un cloaque sans nom. Aucune infrastructure sanitaire n'avait été prévue, il fallait tout organiser, depuis des baraquements sommaires jusqu'aux latrines. Après deux jours et deux nuits sans manger, ils avaient enfin reçu des boules de pain apportées par des camions militaires. Karl, qui avait protesté contre le manque de réchauds ou l'absence de tentes, s'était entendu répondre par l'un des gardes mobiles qui patrouillaient à l'intérieur du camp : « On n'a pas l'intention que vous restiez en France. » Ce jour-là, il avait éprouvé de la colère mais aussi un profond abattement. Les réfugiés venus d'Espagne étaient surveillés par sept pelotons de gardes mobiles, deux compagnies de tirailleurs sénégalais en position derrière les barbelés et une patrouille de spahis à cheval. De quoi vous donner la nausée...

Que craignait-on donc des républicains, qui avaient tout perdu ?

Parce qu'il ne fallait pas abdiquer, les réfugiés avaient pris en main les activités culturelles dans le camp. Instruction des enfants, lectures, apprentissage du français... ils avaient même monté des pièces de théâtre.

Karl s'en souvenait avec émotion. Au moins, ils avaient le sentiment d'être vivants... malgré les barbelés, et les gardes, qui tiraient sans sommation. Karl n'avait jamais supporté l'idée de se sentir prisonnier.

Quand les femmes et les enfants d'Argelès reçurent l'ordre de partir pour une autre destination, à la montagne, il décida de s'évader. Rien au monde n'aurait pu l'en empêcher. De toute manière, il désirait revoir sa mère et sa sœur.

Il avait donné l'argent qui lui restait à Maria del Carmen, lui recommandant de penser en priorité à son fils. Il la connaissait assez, en effet, désormais, pour deviner qu'elle était capable de se lancer dans quelque opération condamnée d'avance.

Il s'était sauvé à la nage. Lorsqu'il était enfant, son père l'emmenait sur l'île de Rügen et ils nageaient ensemble, toujours plus loin dans la Baltique.

« C'est une bonne école », affirmait Leo. Karl était passé, malgré les fils de fer barbelé placés jusque sous la mer, malgré les tirs des gardiens. Il avait choisi une nuit sans lune, où la mer était mauvaise. La colère, la

La Combe aux Oliviers

rage de vaincre lui avaient donné la force de ne pas succomber à l'épuisement. A vingt-trois ans, il ne croyait plus en grand-chose. Excepté en sa capacité de résister.

20

Août 1939

La chapelle perchée sur un monticule à l'extrémité d'une olivette était pleine.

Tous les amis des mariés s'étaient déplacés et Aurélie était particulièrement fière d'être le témoin de Lucrèce.

— Comme tu es belle, mon petit, lui dit Marie-Rose.

La jeune fille sourit.

— Tu es partiale, Mimie ! Et puis, aujourd'hui, je triche, j'ai mis une robe longue !

Une ombre voila le regard de son amie.

— Je n'aime pas t'entendre parler ainsi, Lie.

Aurélie haussa les épaules.

— Je te l'accorde, je n'ai pas à me plaindre. J'ai ma famille que j'aime, un travail qui ne me déplaît pas...

— Et tu es jeune. Profite de ta jeunesse, les années passent si vite...

Marie-Rose ne cherchait pas à dissimuler son émotion. Le mariage de Lucrèce et de Paul, en ce lumineux mois d'août 1939, ne parvenait pas à balayer les inquiétudes qu'elle partageait avec Ulysse Valentin au sujet de la situation internationale.

Chaque soir, Marie-Rose et Ulysse écoutaient la TSF avec une anxiété croissante.

Le gouvernement de Daladier leur inspirait une certaine défiance. Pas question cependant de gâcher la fête.

Avec l'aide d'Aurélie et d'Isidore, l'homme à toutes mains du domaine, Marie-Rose avait dressé les tables à l'ombre des tilleuls, face aux oliveraies. Elle avait utilisé en guise de nappes des draps en métis ornés du chiffre de Laurette. Son amie Eulalie, qui l'avait initiée à la confection des boîtes, était venue lui prêter main-forte pour la préparation du repas de noces. Au menu, salmis de bécasse, perdrix rôties sur canapés, salade de cocos, chevreau aux amandes, tartes aux fraises et bombe glacée.

Les mariés rayonnaient. La maturité allait bien à Paul, qui portait un costume noir fait sur mesure par un tailleur de Nyons. Lucrèce avait choisi une robe de soie grège qui mettait en valeur son teint hâlé et sa beauté de brune.

Elle avait accepté d'épouser Paul après bien des hésitations. Marie-Rose l'entendait encore lui confier : « J'ai si peur, si tu savais... Comme si je n'avais pas droit au bonheur... » Marie-Rose la comprenait, ô combien ! Mais elle n'allait tout de même pas abonder dans son sens ! Aussi ne s'était-elle pas gênée pour tancer celle qu'elle considérait comme sa jeune sœur :

La Combe aux Oliviers

« Fais-moi le plaisir de t'ôter ces sornettes de la tête ! »

Lucrèce avait soutenu son regard furieux.

« Et toi, Marie-Rose ? Ton droit au bonheur, tu y penses ? »

Elle aurait souhaité que la situation entre son père et son amie soit officialisée et ce contrairement à Armide, qui ne voulait pas entendre parler d'un éventuel remariage du maître du mas.

Marie-Rose avait haussé légèrement les épaules. « Oh, moi !... Je suis trop vieille, à présent ! »

Lucrèce n'avait pas osé insister. Elle savait en effet que, même si son amie faisait bonne figure, ce sujet de conversation était douloureux pour elle. Ulysse seul ne paraissait pas s'en rendre compte. A moins qu'il ne préférât le faire croire car c'était plus commode pour lui ?

Lucrèce se pencha et caressa tendrement la joue de sa fille.

— Ce sera bientôt ton tour, ma chérie.

Aurélie secoua la tête.

— Je n'ai pas l'intention de me marier.

Elle s'était déjà exprimée sur cette question. Elle rêvait d'une passion, absolue et brûlante. Or, elle était persuadée qu'elle ne pourrait jamais inspirer de tels sentiments à un homme. Son discours était sous-tendu par l'idée : « Qui pourrait s'éprendre d'une infirme comme moi ? »

Navrée, sa mère se tut, mais le désenchantement d'Aurélie lui faisait mal.

— Laisse-lui le temps, lui conseilla Paul un peu plus tard, alors qu'elle s'ouvrait à lui de son souci.

Aurélie est quelqu'un de bien. Elle rencontrera un jour l'homme qu'il lui faut.

Ils avaient choisi de s'évader quelques jours et de descendre aux Saintes-Maries. Lucrèce rêvait de promenades au bord de la mer et Paul désirait tout simplement se retrouver seul avec la femme qu'il aimait. Ils avaient trouvé refuge dans un petit hôtel du centre. Une chambre de poupée, située sous les combles, chaulée de blanc, décorée de bleu, dans laquelle Paul, avec sa haute taille, se sentait à l'étroit. Mais ils apercevaient la mer, miroitante sous le soleil d'août, et entendaient le clocher de l'église fortifiée marquer les heures. Aux Saintes, Lucrèce n'avait pas parlé d'oliviers, ni d'huile. Elle s'était lovée dans les bras de Paul en murmurant : « J'aurais dû t'épouser il y a déjà longtemps ! »

Il l'avait fait taire d'un baiser.

« Nous sommes ensemble. C'est tout ce qui compte pour moi. »

L'amour avec Paul était tendre et passionné. Lasse de se battre sans cesse pour la survie de la Combe, Lucrèce avait accepté de l'épouser au printemps en se disant qu'elle avait peut-être le droit d'être heureuse. Aurélie l'avait encouragée, tout comme son père. Seule Armide avait froncé le nez.

« Si tu tenais tant que ça à te remarier, pourquoi avoir rompu avec le pauvre Ferrier ? Tu sais qu'il a perdu beaucoup d'argent avec cette regrettable affaire des olivettes de grand-mère Eugénie. Il t'en veut toujours. »

Pourquoi, s'était alors demandé Lucrèce, sa sœur s'arrangeait-elle toujours pour la critiquer ? A croire qu'elle était encore jalouse d'elle, alors que son existence était paisible et sereine. Hector, après un parcours brillant, étudiait à Lyon pour devenir médecin, comme son père. Etienne était apprécié aussi bien à Nyons que dans tout le canton. On le savait dévoué et capable.
— Lucrèce ! Tu m'as oublié !
Paul la rappelait tendrement à l'ordre. Elle rougit, lui proposa de courir jusqu'au rivage. Ils ôtèrent tous deux leurs espadrilles et s'élancèrent d'un même mouvement vers le rivage. Paul la distança très vite. Il la reçut dans ses bras. Enlacés, ils contemplèrent la mer, qui s'assombrissait au même rythme que le ciel.
— J'aimerais t'emmener jusqu'au bout du monde, lui dit Paul.
Elle rit.
— Je voyage assez comme ça pour « placer » notre huile. A moins que... oui, je rêve de connaître la Grèce. Mon père m'en a parlé si souvent...
— Va pour la Grèce !
Les nuages qui voilaient le ciel se défaisaient en longues écharpes. La tramontane s'était levée et froissait la mer.
Lucrèce frissonna.
— J'ai un peu froid, tout à coup. Si nous rentrions ?
En ville, les manchettes des journaux du soir titraient : « Y a-t-il encore un espoir pour sauver la paix ? »
Lucrèce se tourna vers son compagnon.

La Combe aux Oliviers

— Tu penses vraiment que nous risquons la guerre ?

Elle regrettait soudain de ne s'être intéressée qu'à leurs olives depuis plusieurs années. Marie-Rose et son père accordaient beaucoup d'importance aux informations, elle, moins. Peut-être cherchait-elle ainsi à se rassurer, la guerre de 14-18 l'ayant suffisamment marquée.

Paul soutint son regard.

— J'ai peur que notre sort ne soit déjà réglé.

Derrière eux, un gamin sifflait « La petite Tonkinoise ».

L'église fortifiée des Saintes paraissait solide, indestructible. Pourtant, Lucrèce ne parvenait pas à se rassurer.

— Ramène-moi à la Combe, le pria-t-elle.

21

Novembre 1942

Comme ses camarades de la rue des Marchands, où elle travaillait, ce matin-là, Hermance avait refusé d'y croire. Non, « ils » n'étaient pas aux portes d'Avignon ! « Ils », les boches, les « vert-de-gris » ou les fridolins, comme disait son patron, monsieur Hyacinthe. Depuis trois ans qu'elle travaillait à la librairie des Papes, Hermance s'y sentait comme chez elle. Elle aimait les livres, et son enfance à la Combe lui avait permis d'acquérir une bonne culture générale. Monsieur Hyacinthe lui confiait la responsabilité du magasin lorsqu'il devait s'absenter. Raymonde, la caissière, pinçait alors les lèvres mais ne disait rien. Marcel, le coursier, était de meilleure compagnie. Il avait toujours une bonne blague à raconter et connaissait par cœur toutes les chansons à la mode. Grâce à lui, Hermance ne souffrait pas trop de la faim. Marcel était le champion du troc ! Il lui procurait par elle ne savait quelle filière des boîtes de

La Combe aux Oliviers

sardines et de corned-beef. Seul le pain échappait à son réseau.

Parfois, en faisant la grimace devant le pain gris, lourd, si lourd, qui était obligatoirement vendu rassis, Hermance songeait au pain confectionné par sa mère, du pain blond, qui sentait bon le blé et dont la croûte croquait sous la dent. Une bouffée de nostalgie l'envahissait alors. Elle revoyait la Combe, l'atmosphère chaleureuse régnant au mas, et devait se mordre les lèvres pour dissimuler son émotion. Elle n'y était pas revenue depuis qu'elle était partie en compagnie d'Henri pour Avignon. Tous deux avaient été heureux dans leur petit logement de la place Pie, jusqu'à la fin de la « drôle de guerre ». Réformé à cause de ses problèmes respiratoires, Henri avait tenu cependant à s'engager et il n'avait pas résisté à l'appel du général de Gaulle. Hermance le revoyait encore écoutant le poste de TSF avec dévotion.

« Je pars pour Londres », lui avait-il annoncé le lendemain, au terme d'une nuit blanche. Elle n'avait pu s'empêcher de laisser échapper un « Et moi ? » qui avait fait sourire le jeune homme. Il lui avait caressé le bras, lentement.

« Hermance, mon petit, tu ne vas pas me jurer que, toi et moi, c'était le grand amour ? Non, n'est-ce pas ? Nous nous sommes bien amusés tous les deux mais... »

Il cherchait ses mots. Raidie, la jeune femme avait protesté :

« C'est à cause de mes origines ? Je ne suis pas assez bien pour ta famille ? »

Il avait poussé un profond soupir.

La Combe aux Oliviers

« Qu'est-ce que tu vas chercher là ? Non, tout simplement, je tiens à rester libre. Si je réponds à l'appel de De Gaulle, ce n'est pas dans le but de rester tranquillement au coin du feu... »

Horriblement blessée, elle s'était sentie trahie. D'abord, d'où sortait-il, ce de Gaulle dont elle n'avait pas entendu prononcer le nom auparavant ? Elle avait effectué des recherches dans les rayons de la librairie, découvert un ouvrage datant de 1934, *Vers l'armée de métier*, qui traitait apparemment de la nécessité de constituer un corps de blindés.

Elle avait ensuite mené son enquête auprès de monsieur Hyacinthe, qui lui avait expliqué qu'elle pouvait retrouver dans la presse ce fameux discours du 18 juin. Ce qui n'avait pas bouleversé Hermance. D'abord, que faisait donc ce général français à Londres ?

En revanche, elle avait mal supporté le départ précipité d'Henri. Comment espérait-il accomplir des exploits avec sa santé fragile ? Hermance avait séché ses yeux et s'était promis de ne plus tomber amoureuse. La vie était encore belle à Avignon, en 1940. Malgré les restrictions, elle se rendait au cinéma le dimanche avec ses amies Juliette et Sophie. Elles allaient applaudir *La Fille du puisatier* ou *Un chapeau de paille d'Italie*. La ravissante Danielle Darrieux les faisait rêver. Hermance s'était rappelé que sa mère lui avait appris à tricoter, longtemps auparavant. Elle s'était lancée dans la confection de chandails, de mitaines et d'écharpes car, l'hiver, elle souffrait du froid quand le mistral prenait Avignon en enfilade. Marcel, l'indispensable Marcel,

La Combe aux Oliviers

lui avait même procuré une marmite norvégienne, une caisse en bois isolée par de la laine de verre qui permettait de prolonger la cuisson commencée sur la gazinière.

Hermance avait minci, ce qui lui convenait fort bien. Elle pensait souvent à sa mère, en se demandant si elle lui manquait. Lucrèce, qui lui écrivait chaque mois, gardait le silence à propos de Marie-Rose. Hermance y voyait là le désir de sa mère. Toutes deux, dotées d'un fichu caractère, n'avaient aucune intention de faire le premier pas.

De toute manière, même si elle souffrait de la faim et du froid, la jeune femme aimait la vie qu'elle menait à Avignon. La beauté de la ville, dorée sous les rayons du soleil couchant, l'émouvait. Elle appréciait tout autant de se promener au bord du Rhône que d'aller écouter les concerts le dimanche.

Pourtant, le 11 novembre 1942, lorsqu'elle assista à l'arrivée des armées allemandes à Avignon, elle éprouva un curieux sentiment, peur et admiration mêlées. C'était un défilé ininterrompu, comme une vague sans fin, un flot que rien ne pouvait arrêter, descendant le long du Rhône, vers Marseille, vers la mer. Chars, side-cars, motos, officiers à cheval, fantassins dans un ordre impeccable... Le silence était pesant, le sentiment de malaise palpable. Ce jour-là, Hermance songea à une armée de soldats de bronze, indifférents à tout ce qui n'était pas eux. Ces hommes étaient des ennemis et, malgré tout, elle ne pouvait s'empêcher d'être troublée par l'impression de puissance qui émanait d'eux. Elle se rappelait les

La Combe aux Oliviers

malédictions lancées par sa mère à l'encontre de ceux qui avaient tué son père en 1915.

— Ils sont... impressionnants, commenta Solange, la meilleure amie d'Hermance, qui travaillait dans une imprimerie.

La fille de Marie-Rose haussa les épaules.

— Je n'ai pas la moindre envie de m'intéresser à eux, déclara-t-elle fermement.

Elle se défiait d'eux et, en même temps, ne pouvait se défendre de comprendre la réaction de son amie.

— Nous n'avons qu'à les ignorer ! reprit-elle.

Elle le remarqua tout de suite dès qu'il pénétra dans la librairie, faisant tinter le timbre aigrelet. Il était grand, bien bâti, et son uniforme couleur de réséda lui seyait particulièrement. Il cherchait un recueil de poèmes d'Apollinaire car on lui avait raconté que le poète mort en novembre 1918 avait écrit lui aussi une œuvre dédiée à la Lorelei.

— Comme Heine, précisa-t-il, avant de déclamer : « *Ich weiss nicht, was soll es bedeuten,/Dass ich so traurig bin ;/Ein Märchen aus alten Zeiten,/Das kommt mir nicht aus dem Sinn*[1]... »

Hermance leva la main.

— Ne parlez pas aussi vite ! Je n'entends rien à l'allemand ! En revanche, nous avons en rayon le recueil *Alcools*, de Guillaume Apollinaire. Si vous voulez bien patienter quelques instants...

---

1. « Je ne sais pas ce que cela signifie/Que je sois aussi triste ;/Un conte des temps anciens/Qui ne me sort pas de l'esprit. »

Elle sentit son regard fixé sur elle tandis qu'elle gravissait trois degrés de l'escabeau pour attraper l'une des œuvres d'Apollinaire. Elle portait ce jour-là une jupe noire qu'elle avait taillée dans un coupon de tissu, un chandail rouge et noir et des chaussures à semelles de bois confectionnées par le cordonnier de la place Pie.

— Vous êtes belle, mademoiselle, dit l'Allemand.

Hermance rougit. D'habitude, elle savait faire preuve d'esprit et ne se laissait pas désarçonner aisément. Mais, lorsqu'elle se retourna et soutint le regard très clair du sous-officier, elle ne trouva rien à répondre.

— Eh bien ? Souhaitez-vous acheter ce recueil ? s'impatienta-t-elle.

Il esquissa un sourire incertain.

— Je désirerais surtout vous emmener au cinéma.

Le visage d'Hermance se ferma.

— Il n'en est pas question.

Il tendit la main vers elle.

— Pourquoi ? Vous me considérez comme un ennemi ?

— Mademoiselle Hermance ! héla monsieur Hyacinthe, depuis la réserve. Pouvez-vous me dire combien il reste d'exemplaires de *Corps et âmes* en rayon ?

Elle se détourna du visiteur.

— Si vous ne voulez pas d'Apollinaire, partez ! lui intima-t-elle d'un ton glacial.

Il s'inclina légèrement.

— Je vous attendrai à six heures devant l'hôtel de ville. C'est la première séance des *Visiteurs du soir*. Je suis certain que vous aimerez ce film.

Son français était parfait, avec seulement une pointe d'accent. Hermance secoua la tête avec impatience.

— Je n'ai pas pour habitude de sortir accompagnée d'un soldat ennemi, déclara-t-elle vivement.

De nouveau, elle rougit sous le regard dont il l'enveloppa.

— Vous n'êtes pas une femme d'habitudes, mademoiselle... Hermance, c'est bien cela ? A ce soir.

Il la salua et referma la porte. Le carillon tinta longtemps, beaucoup trop longtemps, dans les oreilles de la jeune fille.

A six heures précises, elle le retrouva devant l'hôtel de ville.

Il eut le bon goût de ne pas faire de commentaire. Elle ne se détendit que lorsqu'elle vit apparaître Alain Cuny et Arletty à l'écran. La magie du film opérait. Et elle se sentait bien aux côtés de ce bel homme prévenant.

Au point d'oublier, le temps du film, qu'il portait un uniforme détesté.

22

Mai 1943

La vision le surprit alors qu'il descendait de la montagne de la Lance. Le champ d'oliviers qu'il apercevait en contrebas était en fleur.

L'espace d'un instant, Karl revit la villa de ses grands-parents à Grünewald et eut l'impression de sentir le délicat parfum de la glycine. Il fronça les sourcils. Il y avait dix ans, à présent, qu'il avait quitté l'Allemagne. Il était sans nouvelles d'Elsa. Leur mère n'avait pu échapper à l'une des nombreuses rafles de la zone occupée. Il n'osait imaginer son sort. Depuis longtemps, il ne se faisait plus la moindre illusion quant au devenir des Juifs dans l'Allemagne hitlérienne. Lui-même s'était évadé du camp de Crest, où il avait été transféré en tant qu'étranger après une première étape à Loriol, pour échapper à la déportation. Son ami Jorge l'avait accompagné. Tous deux avaient rallié le maquis de la Lance, depuis le mois de mars. Officiellement, ils étaient deux réfugiés pourchassés par les nazis aussi bien que par Vichy. Jorge lui-même ignorait tout des contacts de Karl.

Karl avait fait des rencontres des plus intéressantes au camp de Crest, comme celle de ce mathématicien autrichien, qui avait été renvoyé très vite dans son pays natal. Depuis dix ans, Karl cherchait à comprendre pour quelle raison des hommes et des femmes apparemment sains d'esprit s'étaient laissé entraîner dans ce tourbillon meurtrier. Lui-même aurait aimé s'ouvrir à quelqu'un – homme, femme, peu lui importait – des pensées morbides qui l'obsédaient. Il ne s'était jamais remis de l'arrestation de son père, ni de la mort de Dolorès. Chaque nuit, il se battait contre l'armée franquiste et se réveillait trempé de sueur. Dix ans que son combat durait... Il se demandait parfois s'il lui survivrait.

Il longea le champ d'oliviers, se grisant de cette beauté offerte, sous un ciel d'un bleu minéral. Le contraste entre la quiétude antique du paysage et la situation du pays le saisit. Il accéléra le pas, comme pour briser le charme. Il avait rendez-vous avec un responsable de la région dans une chapelle située en bordure d'une olivette. Il demeurait sur ses gardes.

Il aperçut la chapelle, toute blanche sous son toit de tuiles rousses, et, de nouveau, songea à Dolorès. Elle lui manquait toujours autant, peut-être parce qu'il avait le sentiment qu'il aurait pu la sauver.

« Tu te crois dans la toute-puissance ! » lui aurait reproché son ami Jorge s'il s'était confié à lui. Jorge avait perdu toute sa famille à Guernica et affirmait volontiers que, désormais, plus rien n'avait d'importance pour lui. Karl s'efforçait de lutter contre ce nihilisme latent qui gangrenait leur groupe.

Il sifflota « Auprès de ma blonde » et attendit. La porte de la chapelle s'entrebâilla. Un homme presque aussi grand que lui se tenait sur le seuil. Son visage ouvert plut tout de suite au brigadiste.

— Bienvenue parmi nous, lui dit Paul en lui tendant la main.

Le moulinier avait été l'un des premiers à rejoindre les rangs de l'Armée secrète. Il faisait partie du groupe de patriotes qui, dès 1942, avaient désiré combattre et également venir en aide aux réfugiés juifs. Son travail offrait un alibi à ses déplacements. Au volant de sa camionnette équipée d'un gazogène, il sillonnait le Nyonsais sous prétexte de rendre visite aux oléiculteurs de ses clients. Lucrèce n'avait pas mis longtemps à soupçonner ses activités clandestines. Paul avait refusé d'en discuter avec elle.

« C'est beaucoup trop dangereux, je tiens à ce que tu restes à l'écart », s'était-il contenté de lui dire. Il s'était étonné de la docilité dont son épouse avait fait preuve. Cette attitude ne correspondait pas vraiment au caractère de Lucrèce ! Pourtant, elle ne lui demandait jamais rien, se bornant à recommander : « Promets-moi de revenir. » Et, la gorge nouée, il la serrait contre lui.

Marie-Rose et le maître du mas avaient certainement des doutes. De toute manière, à la Combe, on appliquait les règles d'hospitalité ancestrales. La porte du mas était toujours ouverte. On y avait reçu aussi bien des réfugiés venant de la région parisienne que des jeunes désireux d'échapper au STO. Ces jours-là, Ulysse Valentin recommandait à Marie-Rose de préparer un repas de gala... avec les moyens du bord !

Paul n'observait pas la même discrétion vis-à-vis de sa belle-fille. Aurélie l'aidait souvent, en effet, en confectionnant de faux papiers.

« Ne dis rien à maman, surtout », l'avait-elle prié.

A près de vingt-deux ans, Aurélie avait beaucoup changé. L'obtention du permis de conduire lui avait permis de conquérir une certaine liberté. Elle qui ne pouvait pas pédaler longtemps se déplaçait désormais dans la vieille Mathis de sa mère, que Lucrèce avait remplacée par une Juvaquatre pour ses propres besoins. Dans la voiture, Aurélie se sentait à l'abri des regards curieux ou compatissants. Inspirer de la pitié... quelle horreur !

Aurélie avait fait sienne l'orgueilleuse devise de Sarah Bernhardt : « Quand même ! » La polio avait fait d'elle une infirme ? Elle ne restait pas pour autant cloîtrée au mas. Son travail de secrétaire de mairie lui plaisait, elle voyait souvent des amis qui habitaient à Valréas.

Le couvre-feu avait été imposé depuis 1939 ? Elle en profitait pour s'adonner à sa passion pour la lecture et pour l'écriture.

« Tu vas t'abîmer les yeux », lui disait chaque soir Marie-Rose, venue tirer les lourds rideaux imposés par le couvre-feu, ce qui faisait rire Aurélie.

« Dommage ! On me dit toujours que j'ai des yeux magnifiques. »

La Combe aux Oliviers

C'était vrai. La jeune fille était belle, avec ses cheveux mi-longs, souplement ondulés, et ses yeux d'un gris virant au vert sous le soleil.

« Tout se gâte quand je me mets à marcher », ironisait-elle, ce que Lucrèce détestait. Marie-Rose, elle, comprenait ce besoin d'autodérision. Elle y avait elle-même recours pour tout ce qui concernait l'instruction, se sentant gênée et vaguement coupable de ne pas avoir pu « étudier ».

Aurélie ne songeait plus depuis longtemps à Henri, son « premier béguin » comme elle le nommait pour parler de lui à Marie-Rose. Sa vieille amie avait jugé sévèrement le comportement d'Hermance. Aussi Aurélie se gardait-elle bien de lui annoncer que sa fille fréquentait désormais un officier allemand. Même si elle ne comprenait pas et condamnait son choix, Aurélie avait cependant tenu à rester en contact avec sa camarade d'enfance. Toutes deux s'écrivaient régulièrement, échangeant surtout leurs impressions littéraires et évitant soigneusement d'évoquer la situation politique. Hermance, cependant, avait fini par lui parler de Richard Markt, son séduisant lieutenant allemand.

Il n'est pas comme les autres, lui avait-elle écrit. *Il est passionné de musique et de poésie.* Aurélie n'avait rien répondu. Qu'aurait-elle pu lui dire ? Que Richard, même s'il était cultivé, demeurait un ennemi ? Sa mère, à qui elle avait fini par se confier, avait poussé un énorme soupir.

« C'est l'éternel problème des pays occupés. Hermance est amoureuse, elle ne voit pas la situation avec le même regard que nous. »

A la Combe, ils vivaient rivés au poste de TSF. De son côté, Aurélie avait bénéficié d'une instruction rapide pour se débrouiller avec le poste émetteur apporté par un collègue de Paul. Les mots couraient sur les ondes, porteurs d'espoir et de liberté.

Elle aimait ça.

Rentrant de son travail à la mairie de Roussol, Aurélie aperçut son beau-père qui discutait avec un grand gaillard. Intriguée, elle ralentit. Paul lui adressa un signe de la main, et l'inconnu posa sur elle un regard scrutateur qui l'impressionna.

Elle pressentit tout de suite que cet homme-là avait traversé nombre d'épreuves. Son visage aux traits nets, épurés, sa haute silhouette, son attitude déterminée révélaient l'homme d'action qui entendait avant tout rester debout.

Sans avoir réellement conscience de ce qu'elle faisait, elle obliqua sur la gauche, emprunta le chemin de terre menant au grangeon et s'arrêta à sa hauteur.

— Bonjour, dit-elle.

Si elle ne descendait pas de voiture, il ne remarquerait pas sa jambe atrophiée, pensa-t-elle.

23

Octobre 1943

A condition de ne pas prêter attention aux regards haineux qui s'attachaient à elle, Hermance était heureuse. Malgré l'insistance de Richard, elle continuait de travailler à la librairie. Elle s'était toujours bien entendue avec monsieur Hyacinthe, et il avait eu la délicatesse de ne pas faire de commentaires à propos de ses fréquentations. Il s'était juste borné à lui recommander : « Soyez prudente, mon petit », et elle lui en avait su gré.

Richard l'avait emmenée un soir dans un établissement réservé aux officiers allemands mais, d'un commun accord, ils n'avaient pas renouvelé cette expérience. Hermance, en effet, s'était sentie horriblement mal à l'aise parmi les autres femmes portant fourrures et bas de soie.

Elle-même ne cherchait pas à tirer quelque avantage de sa relation avec Richard. Elle l'aimait et ne supportait pas l'idée d'être mêlée à celles qu'on nommait « les collaboratrices horizontales ». Il l'avait bien compris. Lui aussi préférait passer des soirées paisibles en la seule compagnie d'Hermance. Tous deux écoutaient de la musique en bavardant, ou bien se rendaient au cinéma. Ils appréciaient les films de Marcel Carné, les comédies sentimentales avec Danielle Darrieux ou encore les histoires originales, comme *Goupi Mains-rouges*. Richard et Hermance vivaient dans l'instant, sans faire de projets. Tous deux avaient conscience du fait que leur amour était menacé. Dans ses lettres à sa famille, Richard mentionnait seulement l'existence d'une femme qu'il aimait. Quant à Hermance, elle savait que sa mère serait toujours farouchement hostile à sa relation avec un Allemand. Elle aurait voulu faire connaître la Combe à Richard mais c'était impossible, elle imaginait déjà sa mère leur interdisant la porte du mas. Dieu merci, Lucrèce et Aurélie continuaient de lui écrire. Elles étaient venues un jour à la librairie. Hermance se rappelait avoir envié la complicité unissant la mère et la fille. Lucrèce l'avait serrée contre elle. « N'oublie pas que tu as toujours ta place au mas », lui avait-elle dit, et les yeux d'Hermance s'étaient emplis de larmes.

Elle y songeait, soucieuse, tout en répertoriant les derniers livres reçus. Monsieur Hyacinthe affirmait ne pas faire de politique mais, comme par hasard, on ne trouvait pas dans la librairie des Papes *Les Décombres* de Lucien Rebatet ni *Les Beaux Draps* de Céline, ouvrages antisémites par excellence. En revanche, Hermance, à qui il faisait confiance, savait où était « rangé » le recueil de poésies de Pierre Seghers, édité à Villeneuve-lès-Avignon, de l'autre côté du Rhône.

La Combe aux Oliviers

Elle disposa dans la vitrine les derniers ouvrages de recettes culinaires, de plus en plus recherchés, comme *Cuisine et Restrictions*, *Cuisine d'aujourd'hui* ou *La Cuisine des temps présents, sans beurre et sans huile.*

En ville, on avait faim, et Hermance mettait un point d'honneur à utiliser ses tickets d'alimentation sans bénéficier du moindre passe-droit.

« Je t'aime, toi, Richard, et non les facilités que tu pourrais apporter à ma vie », avait-elle confié un soir à son amant.

Elle sortit sur le trottoir, traversa la rue afin de juger de l'effet de sa vitrine. Le mistral soufflait par rafales rageuses. Elle frissonna dans son chandail tricoté par ses soins et se hâta pour revenir à la librairie. La pierre l'atteignit à la tête alors qu'elle posait la main sur le bec-de-cane. Sous le choc, elle vacilla.

— Pute à boches ! entendit-elle.

Elle s'effondra à l'entrée du magasin.

Quand Richard vint chercher sa maîtresse, comme chaque soir, il s'étonna de ne pas l'apercevoir dans la librairie. Monsieur Hyacinthe, qui devait le guetter, lui fit signe d'entrer.

— Bonsoir, lieutenant. Mademoiselle Hermance est dans l'arrière-boutique. Elle a eu un petit malaise...

Il conduisit Richard dans ce qu'il appelait son bureau, en fait un véritable capharnaüm. Hermance était allongée sur un sofa recouvert de velours fané. Sa tête était bandée. Richard s'élança à son chevet.

— *Liebling*... que s'est-il passé ?

Elle hésita, lança un regard inquiet à monsieur Hyacinthe. Il l'avait relevée, avait appelé le pharmacien voisin, qui avait désinfecté la plaie avant de lui bander la tête. Tout au long de l'opération, monsieur Réaux, l'apothicaire, avait observé un silence hostile. En prenant congé, il s'était enquis, d'un ton indéfinissable : « Avez-vous l'intention de porter plainte, mademoiselle ? »

Elle avait haussé les épaules. Que pouvait-elle faire contre la méchanceté et la lâcheté ? Elle se sentait mal à l'aise sous le regard du pharmacien. Monsieur Hyacinthe l'avait raccompagné sur le seuil de la librairie. Lui, toujours si affable, paraissait contrarié. Lorsqu'il avait rejoint Hermance, il lui avait tapoté la main.

« Il faut être prudente, mon petit, lui avait-il dit. Si un jour le vent tournait, vous vous trouveriez dans une position très délicate. »

Elle lui avait jeté un regard de défi.

« Parce que j'aime un officier allemand ? »

Monsieur Hyacinthe avait poussé un énorme soupir.

« Parce que les périodes troublées comme celle que nous vivons attirent souvent les plus bas instincts. »

Comme Richard répétait sa question, monsieur Hyacinthe répondit pour elle :

— Un incident regrettable. Avec ce mistral... Mademoiselle Hermance a reçu je ne saurais dire quoi et a été blessée à la tête.

Plus tard, dans son appartement, elle avait tout raconté à Richard. Il l'avait serrée contre lui avant de

La Combe aux Oliviers

déclarer, péremptoire : « Je ne veux plus que tu retournes travailler là-bas. »

Désirait-il la voir s'étioler ? Pour le coup, si elle restait inactive, elle aurait vraiment le sentiment d'être une femme entretenue ! De plus, monsieur Hyacinthe était charmant, toujours aimable et prévenant...

« Il ne faut te fier à personne », avait insisté Richard.

Hermance avait souri. « Même pas à toi ? »

Il l'avait emportée dans ses bras, lui avait fait l'amour, passionnément.

« Tant que je suis à tes côtés, tu n'as rien à craindre, mon amour. »

Tous deux avaient songé : « Mais après... Que se passera-t-il, en cas d'envoi sur le front de l'Est ? » C'était le genre de pensée qu'ils préféraient garder par-devers eux.

L'heure était douce, le ciel d'un bleu profond, lavé par six jours d'un mistral ininterrompu. Hermance avait préféré aller marcher sur l'île de la Barthelasse pendant la coupure du déjeuner. De temps à autre, la Combe lui manquait, de façon aiguë. Si elle aimait vivre à Avignon, elle avait aussi besoin d'espace, d'arbres, de liberté.

« Après la guerre... » promettait Richard.

Il désirait qu'ils s'installent dans la région, du côté de L'Isle-sur-la-Sorgue, par exemple, un endroit qu'il appréciait particulièrement. Hermance acquiesçait, du moment qu'ils étaient ensemble, cela lui convenait. Même si elle parvenait mal à se projeter dans cet « après la guerre » vague et lointain.

La Combe aux Oliviers

Elle sentait la haine monter, inexorable. Depuis qu'Avignon était occupée, les arrestations se multipliaient, surtout aux alentours de la gare qui, selon l'expression de monsieur Hyacinthe, était devenue une véritable « ratière ». On chuchotait en passant devant l'hôtel Saint-Yves, où s'était installée la Gestapo en avril 1943. Les rafles étaient quasi quotidiennes. Chaque fois qu'elle assistait, impuissante, à ce triste spectacle, Hermance se rappelait ce que sa mère lui avait raconté de la vie dans les Ardennes occupées, au début du siècle. Elle avait commencé à mieux comprendre la réaction et la haine de Marie-Rose. Pourtant, la compassion qu'elle éprouvait à l'égard des voyageurs exténués, au regard angoissé, n'altérait pas son amour pour Richard. Lui, officier de la Wehrmacht, ne stigmatisait-il pas les agissements de la Gestapo ?

« Toi et moi, c'est différent », lui disait-il en l'attirant contre lui.

Elle posa la main sur son ventre, d'un geste à la fois attendri et inquiet. Elle avait attendu une bonne semaine avant d'annoncer à Richard qu'elle était enceinte. L'idée même de sa grossesse, des malaises qu'elle allait entraîner, des transformations que son corps subirait, l'angoissait. Richard ne risquait-il pas de la quitter ? Sa réaction, émerveillée, l'avait rassurée.

« Un enfant... *notre* enfant ! s'était-il écrié. Manie, comme je suis heureux ! »

Il l'appelait ainsi, Manie, avec beaucoup de douceur dans la voix.

La Combe aux Oliviers

Le palais des Papes sur l'autre rive, paraissait inexpugnable. Une forteresse qui avait résisté aussi bien aux compagnies de routiers de la fin du Moyen Age qu'au schisme de la Réforme. Malgré l'incident survenu quelques semaines auparavant, Hermance avait l'impression qu'il ne pouvait rien lui arriver à Avignon.

Rejetant les épaules en arrière, elle se dirigea vers le pont gardé par des soldats. Ses chaussures à semelles de bois claquaient. Les militaires la suivirent d'un regard admiratif. Elle sourit, heureuse.

24

Avril 1944

Une lumière douce, comme tamisée, baignait les champs d'oliviers de grand-mère Eugénie.

— Chaque fois que je viens ici, je me sens comme... apaisée, confia Aurélie.

Karl hocha la tête. Lui aussi était sensible à la sérénité du lieu. Ce qui ne l'empêchait pas de demeurer sur ses gardes. Les derniers mois, en effet, avaient été marqués par une succession d'événements dramatiques dans le Nyonsais. Un traître avait infiltré le maquis, ce qui avait entraîné arrestations, fusillades et exécutions. Karl et Paul avaient perdu d'excellents camarades. Un autre traître, finalement abattu par un jeune maquisard, avait laissé des listes recensant les « suspects », tous résistants à Nyons. Au mois de janvier 1944, une rafle massive s'était soldée par l'arrestation de plusieurs familles juives établies à Nyons depuis 1935, date à laquelle la Sarre avait été rattachée au Reich hitlérien. Le maquis de Saint-Pons avait été démantelé, plusieurs personnes assassinées, dont le docteur Bourdongle,

La Combe aux Oliviers

figure unanimement respectée à Nyons, au terme d'un véritable martyre. Il avait donc fallu trouver d'autres refuges, de nouveaux contacts. L'étau se resserrait, que ce soit dans la Drôme ou dans le Vaucluse. Les jeunes étaient de plus en plus nombreux à prendre le maquis, ce qui sous-entendait une véritable logistique pour les armer, les instruire et les nourrir. Le mot d'ordre était : « Pas de pertes inutiles. » On privilégiait les attaques de guérilla, en utilisant la configuration du terrain, ou bien les « coups » minutieusement préparés. Aurélie servait de « boîte aux lettres » et n'hésitait pas, avec sa voiture, à aller prévenir des camarades du côté du Ventoux ou de Sainte-Jalle.

La jeune fille désigna à Karl le grangeon au toit de tuiles adossé à la colline.

— Ce ne pourrait être qu'un abri provisoire, bien utile tout de même, suggéra-t-elle.

Chaque fois qu'elle le côtoyait, un trouble indéfinissable l'envahissait. Elle était sensible à sa carrure, à son charisme, elle ne pouvait le nier, mais elle admirait tout autant son parcours. Paul lui avait confié en quelques phrases brèves que Karl Werner, opposant de la première heure au régime nazi, était un homme sans attaches qui ne croyait plus en grand-chose. On chuchotait qu'il avait perdu la femme qu'il aimait, en Espagne. Son ami Jorge l'appelait « Carlos », comme pour brouiller les pistes.

Le premier jour, Aurélie s'était sentie à l'abri, dans la Mathis. Karl Werner ne pouvait se rendre compte de son handicap. Le surlendemain, alors qu'il s'était présenté à la Combe, son sac tyrolien négligemment jeté sur l'épaule, Aurélie était venue lui ouvrir sans même imaginer qu'il pouvait s'agir de lui. Pétrifiée, elle était restée muette sur le seuil du mas.

« J'ai besoin de Paul », lui avait dit Karl Werner, avec son accent indéfinissable. Aurélie, les joues empourprées, l'avait invité à la suivre dans le petit salon. Chaque pas représentait pour elle un supplice.

« Tu as voulu faire la belle, avait-elle pensé. Te voici prise au piège, à présent ! »

Elle aurait voulu qu'il dise quelque chose, n'importe quoi, qui aurait brisé ce silence insupportable. Au lieu de quoi, parvenu dans le petit salon, il s'était planté devant la cheminée et l'avait ignorée. Furieuse, vexée et en même temps soulagée, Aurélie était partie en quête de Paul, laissant le visiteur en tête à tête avec Ulysse Valentin. Celui-ci avait aussitôt entrepris de parler de *L'Odyssée*, et Karl ne s'était pas laissé démonter. Lorsqu'il avait pris congé, après avoir devisé brièvement avec Paul, il avait retenu la main d'Aurélie entre les siennes quelques secondes de trop.

« J'ai envie de mieux vous connaître », lui avait-il dit, et elle avait détesté cette rougeur qui, de nouveau, lui était montée au visage.

Karl, sans répondre, poussa la porte du grangeon. Le sol, en terre battue, était couvert de deux bourras, des sacs en toile de jute destinés à recueillir aussi bien le tilleul que la lavande ou les cocons de vers à soie.

Un fenestron permettait de surveiller le chemin d'accès.

— Intéressant, apprécia-t-il, ne serait-ce que pour dissimuler des armes...

L'un des maquisards avait caché des fusils sous les matelas de ses enfants. Son épouse en devenait folle d'angoisse. D'autres camarades étaient eux aussi à la merci d'une dénonciation ou d'une perquisition, puisque la possession des armes à feu était interdite depuis les premiers jours de l'Occupation.

— Nous nous arrangeons toujours pour qu'il y ait quelques provisions ici, reprit Aurélie, désignant de la main une étagère sur laquelle étaient rangés un saucisson enveloppé dans un torchon, un bocal d'olives, un flacon d'huile d'olive.

— Les prémices d'un festin de roi, commenta Karl. Il ne manque plus que le pain... A Argelès, nous n'étions pas si bien lotis !

Elle n'osa pas lui demander d'explications. Elle pressentait qu'il avait sa part d'ombre, à laquelle personne ne devait avoir accès. De lui-même, Karl précisa :

— Pendant plusieurs années, j'ai eu l'impression de passer d'un camp de réfugiés à l'autre.

— Racontez-moi, si vous en avez envie, suggéra-t-elle.

Elle craignait de se faire rabrouer. Il se contenta de hausser les épaules avant de ressortir du grangeon.

— Vous, d'abord. Vous avez toujours vécu à la Combe ?

Elle acquiesça d'un hochement de tête. Le moment difficile était arrivé. Il allait lui poser des questions, prendre un air apitoyé... Toutes choses qu'elle avait en horreur. Au lieu de quoi, il lui tendit la main pour l'aider à franchir le seuil du grangeon.

— Ces terres sont éloignées de la Combe...

— Elles appartenaient à mon arrière-grand-mère Eugénie, répondit Aurélie avec fierté. Une femme dotée d'un caractère impossible, raconte-t-on dans la famille.

Il esquissa un sourire.

— C'était ce qu'on disait jadis des femmes qui avaient seulement du... caractère ! Ma mère est une battante, elle aussi.

Une ombre voila son regard. Aurélie avait déjà compris qu'il ne fallait pas lui poser de questions. N'était-ce pas la règle non écrite chez les résistants ?

Il raccompagna la jeune fille jusqu'à l'entrée du champ où elle avait garé la Mathis, déclina son offre de le reconduire.

— Je me fonds dans le paysage. Et puis, je marche. Je n'ai pas encore trouvé de meilleur moyen de réfléchir. Bientôt, je pourrai concurrencer Rimbaud ! J'ai tant marché...

— Je ne tiens pas sur les longues distances ! jeta Aurélie.

Elle regretta cette phrase aussitôt après l'avoir prononcée. C'était malin, alors qu'elle redoutait toujours d'évoquer son handicap... !

Pourtant, avec Karl, c'était différent. Il lui dit, avec douceur :

— Je suis certain que vous vous êtes battue pour récupérer votre mobilité. J'avais un ami, en Espagne, qui avait eu la polio, lui aussi. Il a accompli des prodiges, en 1937, malgré sa « patte folle », comme il disait.

Aurélie sourit.

— « Patte folle », on m'appelait comme ça à l'école. C'était toujours mieux que d'entonner cette horrible chanson, « La Boiteuse », dès qu'on me voyait arriver...

Elle rougit. Elle n'avait jamais raconté à quiconque ses douloureuses années d'école. Certains matins, elle aurait souhaité mourir, pour ne pas avoir à affronter les railleries de ses camarades. Mais sa mère se faisait déjà assez de souci pour elle, elle n'avait pas le droit de la décevoir. Aussi, même si c'était pénible, même si elle passait le plus souvent le temps des récréations enfermée dans les toilettes, elle serrait les dents et refusait de flancher. Il lui fallait tenir.

— Ils ne se rendaient pas compte du mal qu'ils faisaient, déclara Karl d'une voix lointaine. Les enfants détestent la différence, quelle qu'elle soit.

Il lui parla alors de son père, roué de coups sous ses yeux pour la seule raison qu'il était juif. Karl n'oublierait jamais les sentiments, impuissance et révolte mêlées, qu'il avait éprouvés ce soir-là. Depuis 1933, son engagement était pour lui une façon de se racheter. De prendre la défense de Leo Werner.

D'une chiquenaude, il expédia sur le pré le chapeau de paille qu'elle portait ce jour-là.

— Ça me gêne, expliqua-t-il. Je ne voyais pas bien la couleur de vos yeux. Ils sont gris, non ?

— Gris-vert, plutôt. Hermance, avec qui j'ai été élevée, prétendait qu'ils étaient vert-de-gris. Je les tiens de mon père, mort avant ma naissance.

Elle parlait, parlait, comme pour retarder l'instant où il allait se pencher vers elle. Elle avait peur et, en même temps, était particulièrement impatiente. Leurs regards se prirent.

— Embrassez-moi, souffla Aurélie.

25

Mai 1944

Une chaleur lourde régnait sur Avignon. Hermance leva un regard inquiet vers le ciel presque blanc. Depuis plusieurs jours, les alertes se succédaient, précipitant les habitants vers les abris.

— Je n'aurai pas le courage de redescendre mes trois étages cette nuit, soupira la jeune femme en soutenant son ventre gonflé.

Monsieur Hyacinthe écarta les mains.

— Vous pouvez rester dormir chez nous. Ma sœur sera ravie de vous accueillir.

Il habitait un appartement lumineux situé au-dessus de la librairie. Hermance croisait parfois mademoiselle Thècle dans la rue, mais celle-ci ne s'aventurait jamais dans le magasin.

« Ma sœur craint la poussière », avait expliqué monsieur Hyacinthe.

De nouveau, Hermance laissa échapper un soupir. La proposition du libraire la tentait, d'autant qu'elle se sentait en confiance avec lui. Elle parviendrait peut-être à dormir quelques heures en ayant l'impression d'être en sécurité. Depuis le départ de Richard pour le front de l'Est, trois mois auparavant, elle avait l'impression de vivre en sursis.

Il y avait plusieurs semaines que Richard redoutait cette affectation. Hermance l'avait vu sombrer dans l'angoisse au point d'avoir de plus en plus de difficultés à dialoguer avec lui. Pourtant, Richard et elle formaient un couple uni. Il avait désiré l'épouser avant de partir, mais les formalités étaient trop longues. De plus, Hermance préférait un *vrai* mariage, lorsqu'il reviendrait. Richard avait griffonné un nom, une adresse, sur une feuille arrachée à son carnet de moleskine.

« Si tu as un souci, tu vas voir Ralf de ma part. Il t'aidera. »

Il avait lu dans le regard de sa maîtresse qu'elle ne le ferait pas. Elle avait toujours refusé de sortir avec d'autres couples franco-allemands comme eux.

« Ne viens pas à la gare », lui avait recommandé Richard.

Ils s'étaient aimés une dernière fois, dans l'appartement dont les fenêtres à petit bois ouvraient sur la place Pie, là où les courtiers en garance se réunissaient, un siècle auparavant, autour d'un buste en bois de Jean Althen.

L'hiver, les rideaux tirés transformaient le trois-pièces en cocon. Hermance l'avait décoré de bric et de broc, en achetant ses meubles dans des « foires à tout », mais l'ensemble était harmonieux. Avant la guerre, elle avait peint le buffet et la table dénichés dans une brocante d'un délicat ton céladon et recouvert elle-même les deux fauteuils Voltaire et le sofa de velours bleu outremer.

« Je me sens bien chez toi », lui disait souvent Richard.

Il peinait à se confier.

« Mon itinéraire est banal », prétendait-il. Ses parents, commerçants, avaient été frappés par la crise économique. Richard voulait être archéologue. Dans l'impossibilité financière de poursuivre de longues études, il s'était engagé dans la Wehrmacht. Son jeune frère, Manfred, avait dû arrêter, l'année précédente, de fréquenter le lycée pour s'enrôler dans les Jeunesses hitlériennes.

« Nous n'avons pas eu le choix », ajoutait, pudique, Richard, sans se montrer plus précis. D'ailleurs, Hermance et lui détestaient parler politique.

Chez eux, ils désiraient oublier le reste du monde. Le monde, cependant, ne les avait pas oubliés en rappelant Richard.

— Eh bien... que décidez-vous, mon petit ? s'enquit monsieur Hyacinthe.

Hermance secoua la tête.

— C'est fort aimable à vous, monsieur Hyacinthe, et je vous en remercie, mais je vais tout de même rentrer chez moi. Voyez-vous, j'espère toujours qu'il va revenir plus tôt que prévu...

Il l'enveloppa d'un regard rêveur tandis qu'elle remontait la rue en se tordant les pieds sur les pavés. Malgré sa grossesse avancée, elle n'avait pas renoncé aux socques à semelles de bois qui affinaient la jambe. Elle était fière, et courageuse. Il espérait seulement qu'elle ne paierait pas trop cher son amour interdit.

Il rentra dans son magasin. Il devait se hâter, il avait un rendez-vous important avec le préfet des études du collège Saint-Joseph, une plaque tournante de la Résistance à Avignon.

— N'oublie pas ton cache-nez ! lui cria sa sœur, depuis la fenêtre de l'étage.

Monsieur Hyacinthe esquissa un sourire attendri. Le mois de mai était chaud mais Thècle vivait dans la hantise des microbes. Elle avait perdu son fils unique d'une méningite et, depuis, imaginait les virus et les bactéries comme autant d'ennemis malfaisants. Sa phobie s'était aggravée après la mort de son époux, victime de la tuberculose.

Monsieur Hyacinthe pressa le pas. Les clochers des églises d'Avignon se répondaient pour sonner l'angélus.

Une nouvelle alerte fit sursauter Raymonde, la caissière, qui bondit de son tabouret et fila se réfugier dans l'abri le plus proche.

— Eh bien... elle crève de trouille ! commenta le coursier.

Il se retourna vers Hermance, qui soutenait son ventre gonflé.

— Vous ne pourrez jamais courir aussi vite que Raymonde !

— Je n'en ai pas l'intention, répondit-elle en s'efforçant de garder son calme.

Les alertes, qui se succédaient depuis des mois, avaient vu leur rythme s'intensifier. Le 27 mai, le bombardement avait déversé un déluge de feu sur

La Combe aux Oliviers

Avignon. Le bilan était impressionnant : cinq cent vingt-cinq tués, près de huit cents blessés, six cent cinquante immeubles entièrement rasés... Ce jour-là, les Avignonnais avaient compris qu'ils n'étaient plus en sécurité nulle part. Depuis, la sirène hurlait au moins deux fois par jour, au point qu'Hermance ne se donnait même plus la peine de descendre dans un abri.

« Advienne que pourra ! avait-elle répondu à son amie Solange, qui s'inquiétait. De toute manière, la plupart du temps, les alertes ne servent qu'à nous terroriser. »

C'était vrai. Des rumeurs fantaisistes couraient la ville à propos de sa destruction imminente. Hermance refusait d'y accorder foi. La sage-femme, une vieille demoiselle répondant au nom de mademoiselle Emilienne, lui avait promis qu'elle viendrait chez elle dès qu'elle la ferait appeler. Pour le reste... Hermance ne voulait point trop y songer. C'était le sort de Richard qui l'angoissait. Richard, dont elle était toujours sans nouvelles.

A cet instant précis, alors que la sirène continuait de hurler, elle sentit qu'elle perdait les eaux. Elle se tourna vers le coursier.

— Marcel, il faudrait que tu ailles chercher mademoiselle Emilienne, vite. Tu lui dis que ça presse...

Marcel était l'aîné de sept enfants. Il jaugea d'un coup d'œil la pâleur d'Hermance, l'eau qui mouillait sa robe et le plancher et détala à toutes jambes.

— Venez vous asseoir, mon petit, proposa monsieur Hyacinthe.

Des heures qui suivirent, la fille de Marie-Rose ne devait garder qu'un souvenir confus. Elle se rappelait avoir accouché dans l'arrière-boutique de la librairie, elle revoyait mademoiselle Thècle apportant eau chaude et serviettes, elle entendait mademoiselle Emilienne l'exhorter à pousser.

— Une délivrance presque trop facile pour une primipare, commenta la sage-femme en prenant le bébé dans ses bras.

Epuisée, Hermance souffla :

— Garçon ou fille ?

Si bas que personne n'entendit sa question.

Heureusement, lorsque Solange vint la voir, elle la renseigna aussitôt.

— Un beau garçon de trois kilos, mon amie ! Et un accouchement de rêve, paraît-il.

Elle fut décontenancée en voyant les yeux d'Hermance se remplir de larmes. Elle craignait, pourtant, ce genre de réaction.

— Richard, sanglota son amie. Il me manque tant...

— Là, là, tenta de la réconforter Solange. Tu es épuisée. D'ici quelques jours, tout ira mieux.

Elle s'efforçait d'y croire... sans en être convaincue.

— Venez, madame, déclara un ambulancier. Nous vous conduisons, votre bébé et vous, à Sainte-Marthe.

Elle se laissa emmener sur un brancard après avoir remercié monsieur Hyacinthe, sa sœur et mademoiselle Emilienne. Elle se sentait hors du temps, flottant dans un monde irréel. Partout, elle apercevait des blessés ou des cadavres, entourés par les bénévoles portant le brassard de la Croix-Rouge.

La Combe aux Oliviers

Elle qui avait été jusqu'alors relativement protégée mesurait mieux ce que sa mère avait dû endurer. Elle avait beaucoup pensé à Marie-Rose durant son accouchement, comme pour puiser un peu de force.

Sa mère lui avait terriblement manqué, ainsi que Lucrèce, et Aurélie, et jusqu'à cette lumière si particulière qui semblait traverser les oliviers en début d'après-midi.

Dans les locaux vétustes de l'hôpital Sainte-Marthe, le temps semblait s'être arrêté. Pourtant, les religieuses couraient partout avec une remarquable efficacité, tentant de soigner tous les blessés qu'on leur avait amenés. Hermance faisait connaissance avec son fils, qu'elle avait appelé Eric, car le prénom existait aussi bien en France qu'en Allemagne.

Chaque fois qu'elle le prenait dans ses bras, elle s'émouvait de sa ressemblance avec Richard. Ses yeux s'emplirent de larmes.

Si elle désirait de toute son âme la fin de la guerre, elle en redoutait les conséquences pour Richard.

Le hurlement de la sirène la fit tressaillir. Serrant Eric contre elle, elle se mit à trembler.

26

Juin 1944

« Sois prudent, surtout », avait recommandé une nouvelle fois Lucrèce à Paul.

A chacun de ses départs, elle imaginait le pire, revivant la tragédie de 1921. Paul en avait conscience mais, comme il l'avait expliqué à son épouse, il ne pouvait tout simplement imaginer de mettre fin à son engagement. Lucrèce le comprenait, bien sûr, et lui apportait son soutien, tout en s'angoissant.

Les combats entre les résistants et l'occupant étaient de plus en plus meurtriers. Les arrestations se multipliaient depuis le printemps. Les habitants de la Combe avaient tressailli en entendant, le 1er juin, ces messages d'alerte à la BBC :

« Tangos et rumbas viennent du Brésil... »

« Castor et Pollux sont frères... »

« Le rouge saute aux yeux... »

« Archer, que deviens-tu ? »

L'heure tant attendue du débarquement approchait. Le 5 juin, d'autres messages furent diffusés :

« Les jumelles se portent en bandoulière... »

« La pistache est verte... »

Dès lors, plus rien ne pouvait arrêter les résistants. Ils avaient trop longtemps rongé leur frein, ils avaient trop de morts à venger... Dans les fermes, on sortait les armes dissimulées, on se hâtait de partir, sans jeter un regard en arrière. A la mairie, Aurélie continuait de fabriquer de faux papiers. Tout comme son grand-père, elle pensait que la bête acculée était encore plus dangereuse. La guerre était loin d'être terminée, malgré le débarquement.

Soucieux, Paul fronça les sourcils à l'énoncé des ordres par le responsable de l'Armée secrète. A son avis, l'occupation de Valréas était prématurée. Cependant, il était déjà trop tard. Un groupe de jeunes avait coupé les fils téléphoniques et abattu des poteaux à la hache, interdisant ainsi toute communication avec Orange et Avignon.

Le 8 juin au matin, ils reçurent la consigne d'occuper Valréas. Paul exprima ses réticences. On n'était même pas certain qu'Orange et Avignon venaient bien d'être libérées, ainsi que le prétendait « Rodolphe », un résistant qu'il connaissait mal. Ses oppositions furent balayées. On avait des armes, on était en nombre, on ne trouverait pas de meilleur moment ! Avant huit heures du matin, les résistants s'étaient emparés de la poste, de la mairie et de la gendarmerie. Un déferlement d'enthousiasme et de joie submergea la ville. Partout, on acclamait les jeunes gens qui venaient de libérer la capitale de l'Enclave.

Seuls Paul et son ami Antoine demeuraient sur leurs gardes. Quelle était exactement la situation dans la vallée du Rhône ? La libération de Valréas avait pour objectif de ralentir la progression de l'occupant, mais au prix de quelles conséquences pour la population ? Plusieurs années dans la clandestinité avaient permis à Paul de prendre un certain recul.

Il insista pour qu'on installe des guetteurs aux différentes portes de la ville, effectua lui-même un aller et retour jusqu'à la Combe pour rassurer Lucrèce avant de regagner Valréas.

— Fais bien attention à toi, ma grande, recommanda-t-il à Aurélie.

La jeune fille, en effet, avait une fâcheuse tendance à mépriser le danger. Elle était connue dans le maquis de la Lance pour venir approvisionner les résistants, quels que soient le temps et les risques encourus.

— Essayez de l'empêcher de sortir, ajouta-t-il à l'adresse de Marie-Rose, qui haussa les épaules.

Personne n'avait jamais pu retenir Aurélie contre son gré. Sur ce point, la jeune fille ressemblait à Hermance, deux fichus caractères, qui agissaient à leur guise. Marie-Rose ne l'avait avoué qu'à Lucrèce, elle se faisait un sang d'encre pour sa fille. Les femmes qui avaient entretenu des relations avec l'occupant seraient poursuivies à la Libération. Elle aurait voulu supplier Hermance de venir se réfugier à la Combe, mais son maudit orgueil le lui interdisait.

Marie-Rose essuya la larme qui roulait sur sa joue et prépara sa pâte. Le cerisier dominant le potager croulait sous les fruits, elle allait confectionner deux clafoutis. Cuisiner lui avait toujours permis de juguler ses angoisses.

Ulysse passa la tête dans l'entrebâillement de la porte. Il avait les traits tirés.

— J'ai peur, confia-t-il à Marie-Rose.

Elle sourit.

— Ça tombe bien, moi aussi ! Venez vous installer près de moi. A deux, on se tient plus chaud !

Ils se mirent à rire, un peu nerveusement, car la chaleur était déjà difficile à supporter dans la cuisine. Le maître du mas prit la main de Marie-Rose.

— Je me demande parfois ce que je serais devenu sans vous, lui déclara-t-il avec émotion.

— Chut ! Ce n'est pas la peine de dire ces choses-là.

Le 10 juin, des avions allemands attaquèrent les barrages établis sur les routes d'Orange et de Vinsobres.

Le lendemain, Paul, les sourcils froncés, répéta que, selon lui, la libération de Valréas avait été prématurée. On refusa de l'écouter. Dans l'atmosphère de liesse générale, le moulinier jouait un rôle ingrat, celui de l'oiseau de mauvais augure.

— Tu as peur ? fanfaronna un résistant que Paul ne connaissait pas.

Il ne prit même pas la peine de se justifier. Il était bien placé pour savoir que leur groupe était insuffisamment armé et incapable, malgré sa bravoure, de résister longtemps à une division ennemie.

— J'espère me tromper, s'obstina-t-il.

Sa camionnette équipée au gazogène permettait à Paul de se déplacer rapidement.

Il était passé à la Combe pour rassurer les siens et leur conseiller de ne pas sortir du mas. Vœu pieux en ce qui concernait Lucrèce et Aurélie, qui jouaient les agents de liaison malgré ses recommandations. En conscience, comment aurait-il pu les en blâmer ? Il repartit pour Valréas, le cœur lourd. Il appréhendait une tragédie. Tout s'était déroulé trop vite, dans la précipitation.

Arrivant sur le tour de ville, il entendit tirer du côté de Taulignan. Son cœur se serra. Il connaissait les gars qui se trouvaient là-bas. Il fallait agir, et vite, prévenir les autres groupes, ordonner le repli...

A cet instant, la sirène de Valréas se mit à hurler, comme un long appel de détresse. « C'est tout à fait ça », pensa Paul, en rejoignant une estafette au barrage de la tranchée de Taulignan. Des blindés allemands étaient annoncés, venant de Bollène.

— On ne peut pas faire le poids, haleta le plus jeune des résistants, dix-sept ans à peine.

Paul l'envoya chez ses parents, qui possédaient une ferme du côté de Novezan. Avec un peu de chance, il serait épargné. Il était persuadé que cette journée du 12 juin serait très longue.

— Si seulement nous avions pu maintenir les liaisons radio ! pesta Paul.

La plupart de ses camarades penchaient pour le repli... tout en se demandant s'ils ne pourraient pas bloquer de façon efficace la progression des Allemands.

La Combe aux Oliviers

Le personnel de la cantine et des services administratifs quitta Valréas dans des camions en compagnie de gendarmes et de FFI. Un jeune homme ouvrait la route à moto. Ce fut lui qui donna l'alerte, effectuant un demi-tour sous les tirs de l'occupant et rejoignant la colonne. Les résistants se dispersèrent mais, désormais, le doute n'était plus permis. Les Allemands convergeaient vers Valréas. Cependant, en ville, si l'on entendit l'écho de la fusillade provenant de Novezan, on ne parvint pas à en savoir plus. Cette attente d'on ne savait quoi usait les nerfs. L'estafette envoyée au barrage de la route d'Orange ne revint pas. Un avion de reconnaissance survola le groupe armé. Paul crispa la main sur son fusil-mitrailleur.

— Il va y avoir de la casse, prévint-il.

Un premier char surgit au virage de la route de Grillon et mitrailla les résistants.

— On décroche ! ordonna Paul au bout de quelques minutes.

Il avait repéré les fantassins allemands, aux casques camouflés par des branches d'arbre, s'égaillant dans la campagne. De nouveau, son cœur se serra. Ils étaient partout, à Taulignan, à Richerenches, et avaient encerclé Valréas. Le piège mortel se refermait sur les résistants. Les échos de la fusillade se rapprochaient.

De nouveau, Paul lança l'ordre du repli après avoir fait traverser la Coronne à ses hommes. Ils n'avaient pas les moyens de lutter à armes égales et il valait mieux tenter de rejoindre le refuge de la Lance.

Les tirs se succédaient sans relâche, du côté de la route d'Orange, de La Baume-de-Transit, de Richerenches. Pourvu, pensa Paul, que l'ennemi ne s'attaque pas aux fermes isolées... Il avait peur, terriblement peur, pour les siens.

La troupe ennemie avait déferlé sur Valréas, tirant au hasard dans les rues, visant les portes et les fenêtres. Aurélie, qui était venue apporter des œufs à Eulalie, l'amie cartonnière de Marie-Rose, désormais installée à Valréas, assista, impuissante, aux efforts désespérés de monsieur Niel, le maire, pour défendre la population de sa ville. Si Valréas avait bien été libérée par les FFI, il pouvait certifier que ses habitants ne cachaient pas de « terroristes ». L'officier allemand ne paraissait pas l'écouter. Il lui ordonna de faire cette annonce, qui glaça d'effroi les Valréassiens :

— Ordre est donné à toute la population, sans exception, de se présenter sur la place de la Mairie. Les chefs de famille seront porteurs du livret de famille et les portes des maisons seront laissées ouvertes.

— Il faut sortir, dit Eulalie à Aurélie.

Conformément aux instructions qu'on lui avait données depuis son engagement, Aurélie ne portait pas de papiers compromettants sur elle. Elle pressentait cependant que l'heure était grave. L'officier allemand qui s'adressait à la foule ne cherchait pas à dissimuler sa colère. La place de la Mairie était cernée. Les blindés barraient toutes les issues.

— Nous faisons la guerre aux terroristes ! hurla le militaire en allemand, le traducteur se faisant aussitôt l'écho de ses harangues. La répression sera énergique et sans pitié. Les prisonniers seront traités à la manière allemande. Ils paieront de leur peau. Ceux qui seront pris seront fusillés immédiatement. Si vous recommencez, Valréas sera rasée.

Eulalie se mit à trembler.

— C'est pas Dieu possible ! murmura-t-elle.

Aurélie, figée, sentait le soleil sur son visage, et se disait que cela ne pouvait pas finir ainsi. Pas maintenant, alors qu'elle aimait Karl. La chaleur, étouffante, pesait sur la place. Des prisonniers au visage hâve, au regard fiévreux, arrivaient du barrage de la route de La Baume. D'autres avaient été arrêtés dans les fermes ou dans les rues de la cité du cartonnage. Simple hasard, malchance... ce pouvait être n'importe qui, et tous en étaient conscients. Certains marchaient pieds nus, nombreux étaient ceux qui portaient les marques des brutalités subies. Aurélie voulut s'élancer pour leur porter secours, leur donner un peu d'eau... Eulalie la retint.

— Ne bouge pas, lui ordonna-t-elle. Ils sont fous de rage, prêts à abattre quiconque se mettra en travers de leur route.

Bouillant de colère et d'impuissance, Aurélie dut assister à la marche des otages vers la maison Clarice, contre laquelle on leur ordonna de s'aligner, les mains jointes sur la tête. Monsieur Niel tenta une nouvelle fois de s'interposer et, à force de négociations, parvint à sauver un instituteur retraité et un manœuvre.

Un soupir de soulagement gonfla les poitrines. Répit de brève durée car, déjà, une succession de détonations faisait douloureusement tressaillir la foule massée sur la place. Les premiers martyrs tombèrent. Ceux qui restaient debout entonnèrent « La Marseillaise » ou crièrent « Vive la France ! ».

De nouveau, Aurélie voulut courir vers eux. Cette fois, Eulalie la plaqua contre le mur.

— Ça t'avancera à quoi ? gronda-t-elle. On ne peut rien faire pour les tirer de là, rien. Seulement les venger. *Après.*

Aurélie avait été élevée dans un esprit de tolérance. A la Combe, Marie-Rose était la seule à vilipender « les saletés de boches », comme elle disait.

A compter de 1940, certes, la situation avait changé mais, jusque-là, tout en participant à des actions de résistance, la jeune fille avait ignoré la haine.

Ce jour-là, pourtant, alors que la nausée la submergeait, elle se promit de venger les fusillés de Valréas.

D'un coup, le silence retomba. Un silence tragique. Les spectateurs du massacre évitaient de se regarder, tétanisés par ces exécutions perpétrées de sang-froid. Des larmes silencieuses coulaient sur les joues des femmes. Implacable, le commandant allemand compta les cadavres et ordonna de ne pas toucher aux corps avant cinq heures du matin le lendemain.

Puis, comme s'il était convaincu qu'après une telle démonstration de barbarie plus personne n'oserait outrepasser ses ordres, il donna le signal du départ à ses troupes.

Une haute silhouette se matérialisa alors près d'Aurélie. Stupéfaite, elle reconnut Karl Werner.

— J'ai besoin de vous, lui dit-il.

27

Juin 1944

> *Un frais parfum sortait des touffes d'asphodèle,*
> *Les souffles de la nuit flottaient sur Galgala*[1]...

La nuit tombait sur Valréas et Aurélie, se rappelant les vers de Victor Hugo, se surprenait à rêver que rien ne s'était passé.

Pourtant, de la porte cochère où Karl l'avait entraînée, elle apercevait toujours le sinistre amoncellement des corps. Avec lui à ses côtés, elle n'avait plus peur, tout en sachant que leurs destins pouvaient basculer d'un instant à l'autre.

Ce matin encore, ils croyaient être libérés...

— Sont-ils allés jusqu'à la Combe ? chuchota-t-elle.

Il secoua la tête.

— Je n'en sais rien. Je venais de Nyons quand un gamin affolé s'est littéralement jeté sous les roues de ma bicyclette. Il s'était échappé de la tenaille il ne savait

---

1. Extrait de « Booz endormi », *La Légende des siècles*.

comment. Je l'ai envoyé se cacher dans la montagne de la Lance. Ils ne devraient pas s'y risquer.

Karl jeta un coup d'œil à droite et à gauche avant de s'élancer vers la maison Clarice. Il se pencha vers les cadavres. Aurélie frissonna. Elle savait grâce à quelques confidences que Karl avait vécu des épisodes particulièrement tragiques en Espagne. Elle se raidit.

— Venez !

Elle se hâta de le rejoindre. Penché au-dessus d'un jeune homme, il le réconfortait tout en lui prenant le pouls.

— Nous avons ici plusieurs blessés, déclara-t-il. Allez vite me chercher des responsables. Nous ne pouvons pas les abandonner ainsi.

« Ça ne pourra pas marcher, pensa Aurélie. Ce monstre de commandant a fait procéder au comptage des otages fusillés et a interdit qu'on touche à leurs corps. »

En même temps, elle se disait que Karl trouverait une solution. Il avait vite pris un ascendant certain sur les jeunes du maquis, qui voyaient en lui un héros à suivre. Sa seule présence suffisait en général à impressionner les fortes têtes. On pressentait en le voyant qu'il ne redoutait plus grand-chose.

« Une âme brûlée », avait commenté Ulysse Valentin le jour où Karl Werner lui avait été présenté, et Aurélie avait senti un frisson la parcourir. Un homme comme Karl ne pouvait pas faire de projets d'avenir, c'était tout bonnement impossible.

Elle ramena avec elle les pompiers de Valréas. A l'aide de brancards, ils emmenèrent les blessés, qui étaient au nombre de cinq, à l'hôpital et les

La Combe aux Oliviers

remplacèrent devant la maison Clarice par les corps des résistants massacrés à l'entrée de Taulignan. Aurélie ignorait qui avait eu l'idée du macabre échange de corps. Les résistants avaient été abattus le matin même et leurs cadavres portés à la morgue.

— Cinquante et un... ils ont leur compte ! commenta un pompier en s'essuyant le front.

— Venez vous reposer un peu chez moi, proposa Eulalie à Karl et Aurélie. Vous n'allez pas repartir sur la route, avec tous ces maudits qui rôdent...

Aurélie s'obstina. Elle désirait rentrer à la Combe, être rassurée quant au sort de sa famille, même s'il était dangereux de circuler en voiture.

— Ce n'est pas si loin, je vous ramène sur mon vélo, proposa Karl.

Ç'aurait pu être une promenade des plus romantiques, à l'ombre de la lune, avec la silhouette de la Lance tapie, en toile de fond, mais ils avaient l'un et l'autre trop d'images de sang et de violence en tête pour goûter le caractère bucolique de l'heure.

Puis, brusquement, Karl freina. Aurélie, qui se tenait à sa taille, manqua tomber.

— Qui sait si nous serons encore en vie demain ? souffla-t-il.

Il ajouta quelque chose en allemand, qu'elle ne comprit pas. Déjà, il l'aidait à descendre de la bicyclette, l'attirait contre lui.

— J'ai besoin de tout oublier, murmura-t-il.

Plus tard, elle se rappellerait qu'il avait prononcé ces mots : « tout oublier ». Pour l'instant, seules comptaient la brûlure de ses lèvres, la rassurante impression de force qui émanait de lui, la certitude qu'ils étaient vivants, après avoir côtoyé l'horreur. Dans les bras de Karl, Aurélie ne pensait plus à sa jambe atrophiée ni au fait qu'elle s'était toujours sentie différente des autres filles. Ses baisers, ses caresses avaient le pouvoir de repousser loin, très loin, les images de mort qui la hantaient. Avec une douceur extrême, il l'allongea sur sa veste. La nuit sentait la lavande et le tilleul, deux parfums qui, curieusement, se répondaient.

— Je ne peux pas te dire des mots d'amour, soufflat-il.

Elle noua les bras autour de son cou. Quelle importance ? Elle l'aimait pour deux ! A cet instant, plus rien d'autre ne comptait que Karl, qui pesait sur elle, dont les caresses la faisaient basculer dans un autre monde. Ils s'unirent en ayant l'impression de remporter une victoire sur la mort.

La vie était là, qui palpitait en eux, comme dans la terre tiédie de juin. Bouleversée, frissonnante, Aurélie retint le cri de plaisir qui fusait. Karl le but sur ses lèvres.

— Ma tendre et douce, chuchota-t-il.

Elle songea qu'elle devait se souvenir de ces mots, qu'il ne lui en dirait peut-être jamais d'autres, et cette pensée la glaça. Déjà, il se redressait, jetait un regard scrutateur aux alentours. Leur étreinte était pure folie, tous deux le savaient. La tension retombait et ils reprenaient brutalement contact avec la réalité.

Karl tendit la main à Aurélie, l'aida à se relever. Elle se rajusta en soutenant son regard encore lourd de désir. Elle était belle, et fière, les seins dressés, la taille fine, les jambes longues et minces. Elle résista à la tentation de dissimuler celle qui gardait les marques de la polio. Elle avait toujours proclamé que l'homme qui l'aimerait un jour devrait l'aimer telle qu'elle était. Karl était-il cet homme-là ? Ce n'était pas encore le moment de se poser ce genre de question.

Ils repartirent en silence. L'aube pâlissait.

Le parfum de lavande imprégnait leurs corps comme leurs vêtements. Aurélie était rompue mais se sentait merveilleusement bien. Elle éprouva une bouffée de culpabilité aussitôt après. Comment avait-elle pu se comporter ainsi ? Pourtant, elle ne regrettait rien. Elle savait depuis leur première rencontre que Karl était le seul homme qu'elle aimerait. Toujours...

Le mas paraissait abandonné sous le soleil levant. Ce fut la première impression d'Aurélie en pénétrant dans la cour ombragée par les tilleuls.

Karl était reparti sans même la gratifier d'un baiser. « On doit m'attendre à la Lance », lui avait-il dit, et elle avait compris que, pour lui, elle n'existait déjà plus. Le cœur serré, elle lui avait offert son plus beau sourire. « Partez vite. » Elle n'avait pas réussi à le tutoyer. Tout était allé si vite entre eux... De plus, elle avait toujours trouvé que le vouvoiement conférait un certain mystère à une relation.

« Tout à fait ce qui nous convient », se dit-elle.

Logiquement, Sultan, le fils de Faraud, aurait déjà dû jaillir du mas en aboyant.

— Où êtes-vous ? cria Aurélie, étonnée sans être réellement inquiète, avant de pénétrer dans la salle.

Elle eut un coup au cœur en constatant que le couvert était dressé. Personne, cependant, n'avait pris son repas. En revanche, la cocotte en fonte contenant la daube de Marie-Rose était renversée sur le carrelage, tout comme les chaises paillées. Les tiroirs, vidés de leur contenu, béaient.

Dans le petit salon, les meubles avaient été démolis, le piano fracassé à coups de hache.

— Maman ! Grand-père ! hurla Aurélie, au comble de l'angoisse.

La maison était vide, elle le constata en montant à l'étage. Armoires éventrées déversant le linge précieusement conservé depuis des générations, commodes aux tiroirs retournés sur le lit, miroirs brisés... on avait manifestement cherché de l'argent, ou des bijoux, et tout saccagé pour le plaisir de détruire. Mais les siens... où étaient-ils ?

Elle avait laissé la Mathis à l'entrée de Valréas, avant que la situation ne tourne au drame. Il y avait près de vingt-quatre heures qu'elle était partie pour porter des œufs à Eulalie. Des œufs...

Un sanglot gonfla la gorge d'Aurélie. Elle ne put retenir ses larmes. Tout cela lui paraissait si dérisoire, comparé aux dizaines d'hommes fusillés à Valréas et à sa famille qui avait disparu...

Elle chercha encore, à la cave, dont les meilleures bouteilles avaient été emportées, au grenier, en vain. Elle s'essuya les yeux d'un geste rageur.

Sa mère, son grand-père et Marie-Rose avaient dû se cacher quelque part. La Lance constituait le meilleur refuge.

Retenant une grimace de douleur, Aurélie se mit en route, bien décidée à les retrouver.

28

Juin 1944

« J'y arriverai ! » se répétait Aurélie, en crispant les mâchoires. Un pas en avant, un demi-pas en arrière... elle aurait dû prendre cette affreuse canne qu'elle utilisait parfois pour aller marcher, suivant les conseils d'oncle Etienne. Elle s'était élancée sur le chemin sans même se munir d'une gourde ou d'un chapeau, alors que le soleil commençait à taper.

En même temps, elle réfléchissait. Son grand-père, âgé de soixante-quatorze ans, n'avait pu suivre un rythme soutenu. A moins que... Une idée horrible lui traversa l'esprit. Les Allemands qui avaient pillé le mas avaient fort bien pu emmener les siens comme otages.

A bout de nerfs, Aurélie se laissa tomber sur une roche plate et se mit à trembler.

— Petite !

Une seule personne au monde l'appelait ainsi. Marie-Rose, qu'elle considérait comme sa seconde mère, et sa meilleure amie. Grimaçant de douleur, la jeune fille se releva avec peine.

— Marie-Rose ? Où es-tu ?

Son amie, qui avait gardé son grand tablier bleu, jaillit sur le chemin et se jeta dans ses bras.

— Oh ! ma grande, nous avons eu si peur pour toi ! s'écria-t-elle.

Elle dut tout raconter. Comment ils avaient été prévenus par une estafette venue de Valréas que les boches, comme elle disait, s'attaquaient à des fermes isolées. Lucrèce les avait tous fait monter dans la Juvaquatre et ils avaient pris la route de La Roche-Saint-Secret. Après qu'elle eut installé son père dans la chapelle, Marie-Rose et elle étaient redescendues par le chemin de la Lance pour tenter de retrouver Aurélie. La nuit les avait contraintes à se réfugier dans une grotte. Auparavant, elles avaient entendu les fusillades tout autour de Valréas, aperçu dans le ciel les traces des bombes incendiaires...

— Que s'est-il passé, là-bas ? demanda Marie-Rose d'une voix mal assurée.

Elle regretta aussitôt d'avoir posé cette question devant le regard chaviré d'Aurélie.

— Je préfère ne pas en parler pour le moment, répondit-elle.

Sa vieille amie lui pressa l'épaule.

— Et à Avignon ? Sait-on si les bombardements continuent ?

Trois jours auparavant, une lettre annonçant la naissance d'Eric était parvenue à la Combe. Marie-Rose l'avait lue posément, sans que son visage reflète ce qu'elle pensait, puis elle avait tendu la missive à Lucrèce. « Lis. » Par la suite, la mère et la fille avaient eu beau tenter d'évoquer cet événement, Marie-Rose avait obstinément refusé d'en parler.

« C'est un fils de boche, avait-elle lâché enfin. La honte est sur notre famille. »

Comment pourraient-elles maintenant la raisonner, notamment après la tragédie de Valréas ?

Lucrèce et Aurélie s'étaient promis d'aller voir Hermance et son bébé dès que les routes seraient un peu plus sûres. Elles lui avaient écrit, sans demander à Marie-Rose si elle voulait ajouter un mot. Le temps finirait bien par accomplir son œuvre...

— Pas trop de dégâts, au mas ? reprit Marie-Rose.

Aurélie secoua la tête.

— Des meubles, des souvenirs, le piano... A nous trois, nous aurons tôt fait de tout remettre en état. L'important est ailleurs. As-tu des nouvelles de Paul ? Et Karl Werner ? L'avez-vous vu ?

— Paul a fait passer un message à Lucrèce : qu'elle ne s'inquiète surtout pas. Voilà bien la réflexion d'un homme ! Quant à monsieur Werner...

Le ton de Marie-Rose était explicite. Elle n'appréciait guère celui qu'elle qualifiait d'« aventurier ». Pour Aurélie, ce mot avait une tout autre signification.

Marie-Rose, remarquant combien ses traits étaient tirés, décida soudain :

— Allez, zou, je te ramène à la maison. On dirait bien que tu as vu le diable...

— Tu ne crois pas si bien dire, murmura la jeune femme, frissonnant comme chaque fois qu'elle songeait au commandant allemand qui avait ordonné le massacre à Valréas.

Elle était si épuisée qu'elle se laissa ramener au mas sans protester. Marie-Rose lui fit avaler une tisane de thym, un reconstituant miraculeux, à l'entendre, accompagnée d'un petit verre d'eau-de-vie, « pour faire passer ». Aurélie regagna sa chambre en se tenant à la rampe. Sa jambe lui faisait horriblement mal.

Elle s'allongea sur son lit sans même se dévêtir et sombra dans un sommeil agité.

Pendant qu'elle dormait, Lucrèce était revenue elle aussi à la Combe. Elle repartit aussitôt pour Valréas, malgré les conseils de Marie-Rose, enfourchant le vélo de son amie.

Elle eut l'impression de pénétrer dans une ville morte. Le tour de ville était désert, les volets des maisons obstinément fermés.

Eulalie, chez qui elle se rendit, ne se fit pas prier pour lui raconter les événements des dernières vingt-quatre heures.

— Quand je pense... conclut la vieille femme d'une voix déformée par le chagrin. Nous avons caché des familles juives durant la guerre, nous avons réussi à tenir la milice à l'écart... Tout ça pour que ces maudits viennent assassiner nos hommes ! Si tu les avais vus, ma pauvre Lucrèce ! Ils suaient la haine !

Malgré tout, la cartonnière refusa de venir se réfugier à la Combe.

— Ça m'étonnerait qu'ils reviennent, maintenant. De toute manière, je reste chez moi.

La Combe aux Oliviers

Avant de rentrer chez elle, Lucrèce tint à aller se recueillir à la chapelle des Pénitents-Blancs, là où les corps des suppliciés avaient été transportés.

Elle n'était pas seule. Les familles veillaient leurs morts puisqu'un ordre des autorités allemandes avait fixé la date et l'heure des obsèques : le 15 juin, à six heures trente.

Lucrèce pria avec ferveur. Les circonstances étaient bien sûr différentes mais, face au désespoir de ces jeunes femmes, elle se revit, vingt-trois ans plus tôt, lorsque Adrien était mort.

Elle pédala lentement, presque douloureusement, pour regagner le mas. Tout son corps lui faisait mal. Elle songeait à toutes les familles éplorées qui avaient perdu l'un des leurs, elle pensait à Hermance, qui avait eu un enfant avec un officier allemand, et à Aurélie, qui s'était investie dans la Résistance comme pour oublier son handicap. En mettant le pied dans la cour, pour la première fois depuis longtemps, elle ne jeta même pas un regard à ses oliviers. Et pourtant, elle savait que, malgré tout, ils symbolisaient l'espoir de paix.

De gros nuages couleur de suie semblaient peser au-dessus du mas. Sultan gronda. Lucrèce posa une main apaisante sur sa tête.

— Doucement, mon bonhomme.

Debout sur le seuil, elle plissait les yeux pour scruter l'allée. C'était une heure qu'elle n'aimait guère, celle du calabrun, le crépuscule.

— Chérie, c'est moi, souffla la voix de Paul.
Elle s'élança vers lui, se blottit dans ses bras.

— Ne pars plus jamais ainsi, Paul Ginoux ! s'écria-t-elle avant d'éclater en sanglots.

Elle avait eu peur, si peur, d'apprendre qu'il comptait au nombre des martyrs de Valréas... Les contacts qu'elle avait pris avec les jeunes du maquis ne lui avaient rien appris de plus. Personne n'avait vu Paul, « Clovis » pour le maquis.

Il réprima un soupir. Comment lui raconter ses tribulations sans l'affoler rétrospectivement ? Il avait sillonné la région sur sa motocyclette afin de prévenir ses contacts.

A deux reprises, il avait manqué entrer en collision avec une colonne de blindés ennemis, et bifurqué au dernier moment droit dans le fossé. Ses mains et ses bras étaient couverts d'ecchymoses et d'écorchures. Il le dit à Lucrèce sur un ton plaisant, en ajoutant qu'il avait passé l'âge de rouler la nuit sans lumière et de se livrer à des roulés-boulés.

En revanche, il tut la tragédie survenue chez les Broussard, du côté de Taulignan. Leur ferme avait été incendiée, les hommes abattus. Seule la grand-mère, âgée de quatre-vingt-six ans, avait été épargnée.

— Je n'en peux plus, laissa échapper Lucrèce.

Elle abaissait rarement sa garde, d'ordinaire. Les deux derniers jours avaient été particulièrement éprouvants pour elle.

— Il faut tenir, l'encouragea Paul. Quelques semaines encore, peut-être quelques mois. Crois-moi, ma chérie.

La Combe aux Oliviers

Elle aurait voulu lui faire promettre de ne plus repartir, tout en sachant bien qu'elle n'en avait pas le droit. L'engagement de Paul ne souffrait pas de limites, ni de reculade.

Le nez contre sa chemise, elle chuchota :

— Rentrons à la maison.

29

Août 1944

— Ça n'en finira donc jamais ?

Fronçant les sourcils, Hermance tenta de rendormir son bébé, réveillé par le survol de plusieurs bombardiers dès neuf heures trente-cinq.

Peine perdue ! Eric hurlait, de peur et de colère, et sa mère, impuissante, maudissait les bombardements. Elle avait bien songé, sur le conseil de monsieur Hyacinthe, à le placer en nourrice à la campagne, pour finalement y renoncer. Savait-on quel endroit était réellement sûr ? La ville bruissait de rumeurs. On évoquait des massacres de civils, des coups de main armés, des villages incendiés... Comment savoir ? Un seul endroit inspirait confiance à Hermance. Mais sa mère n'accepterait jamais de l'y recueillir avec l'enfant de Richard.

— Fais comme moi, mets du coton dans tes oreilles ! lui conseilla son amie Solange.

Elle refusait, comme elle disait, de céder à la dictature des bombes, et ne courait plus se réfugier dans les abris. Comme pour lui donner raison, après le passage d'une formation composée d'une trentaine d'avions, quatre ou cinq autres se succédèrent dans le ciel clair qui se chargea bientôt de fumée et de poussière. On ne distinguait même plus la silhouette du mont Ventoux.

Hermance se mit à tousser.

— Je ne vais pas pouvoir sortir Eric, bougonna-t-elle.

Les Avignonnais ne pouvaient plus supporter ces bombardements intensifs qui leur gâchaient la vie. D'autant que, curieusement, ceux-ci semblaient être encore plus importants les dimanches.

— Les Américains sont alliés aux patrons ! lança Solange en lissant ses cheveux bruns.

Elle travaillait comme secrétaire dans une imprimerie de la place Pie. Grande, bien en chair, Solange affichait un optimisme à toute épreuve.

« Après tout ce que j'ai connu... » avait-elle dit une fois à Hermance.

Sans se laisser aller à se plaindre, elle avait confié un soir à sa voisine et amie que son mari l'avait abandonnée pour partir avec sa sœur. Depuis, Solange affirmait se défier de tout le monde.

« Moi d'abord ! » professait-elle, phrase qui laissait Hermance rêveuse. Depuis la naissance de son fils, elle ne pouvait plus se permettre ce genre de réaction.

— Tu devrais confier Eric à la petite mère Thècle et venir au cinéma avec moi, reprit Solange.

Mademoiselle Thècle, la sœur de monsieur Hyacinthe, était tombée sous le charme d'Eric et le gardait aussi bien pendant les heures de travail d'Hermance que le dimanche, si la jeune femme désirait sortir.

« Y en a qui ne connaissent pas leur chance », commentait mademoiselle Raymonde, la mine longue, la bouche amère.

Hermance secoua la tête.

— Non, je n'ai pas envie de laisser mon fils. Si ça continue à canarder au-dessus de nos têtes, je file avec mon petit au Palais. On raconte que certains murs ont plus de sept mètres d'épaisseur. Ça devrait être suffisant pour nous protéger.

Solange observa discrètement son amie sans répondre. Parfois, Hermance lui paraissait si vulnérable qu'elle se demandait comment elle pourrait lui venir en aide. Si elle avait d'abord critiqué sa liaison avec son lieutenant allemand, elle avait fini par reconnaître que Richard n'était « pas comme les autres ». Pourtant, elle ne pouvait s'empêcher de se faire du souci. On avait déjà insulté Hermance à plusieurs reprises. La population avait tant souffert que, fatalement, les représailles seraient cruelles.

La sirène retentit de nouveau. Hermance prit son fils dans ses bras.

— C'est décidé, je file au Palais, annonça-t-elle à son amie sans lui laisser le temps de protester.

Depuis l'intensification des bombardements, de nombreuses familles étaient venues se réfugier dans le palais-forteresse. La cour d'honneur, la cour des cuisines, les salles, les caves de la tour des Anges et de la tour de Trouillas avaient été transformées en dortoirs de fortune. Les plus âgés et les malades avaient été dirigés vers l'ancienne salle des gardes tandis qu'infirmières et médecins se tenaient dans le bureau du gardien.

Il se dégageait du Palais une impression de sécurité mais aussi une odeur pestilentielle, renforcée par la chaleur et le manque d'hygiène.

Son bébé dans les bras, Hermance fit demi-tour. Elle ne pouvait pas exposer Eric au risque d'épidémies, elle préférait encore retourner chez elle. Elle essuya du revers de la main la larme qui perlait à ses cils. A cet instant, elle souhaitait désespérément pouvoir se réfugier auprès de sa mère.

Trébuchant sur ses semelles de bois, Solange se rapprocha du Conservatoire de musique, d'où provenaient d'appétissants effluves de « bohémienne », ce plat typique vauclusien, une sorte de ratatouille mais sans courgettes ni poivrons. La place du Palais était devenue le centre d'Avignon et, tout naturellement, on s'organisait en conséquence. Ainsi, les quelques marchands de fruits et légumes qui venaient encore en ville y installaient leurs étals peu fournis et les cuisines du Secours national avaient investi la cour du Conservatoire afin de distribuer de la nourriture aux centaines de réfugiés qui, malgré deux cas de typhoïde, refusaient de quitter le palais des Papes.

Elle jeta un regard inquiet vers le ciel en reconnaissant le bruit caractéristique d'une formation d'avions. Par réflexe, tous ceux qui se trouvaient sur la place se précipitèrent vers le Palais. Les avions se rapprochaient. Solange héla le vieux Marco, un chiffonnier qui s'obstinait à rester sur la place. Les poings sur les hanches, il semblait invectiver le ciel. Il haussa les épaules.

— Si ce n'est pas mon heure, je n'ai rien à craindre, lui répondit-il.

Des milliers de papiers blancs voletaient en tous sens. Solange esquissa un pâle sourire. Pour une fois, les avions ne semaient pas des bombes mais des tracts.

— Vous voyez ! lança Marco. Il faut ignorer la peur.

Solange leva les mains en l'air, comme lorsqu'elle était enfant et désirait attraper un ballon. Le tract qu'elle saisit au vol était orné des drapeaux anglais, français et américain, et signé par le général Maitland Wilson.

Il annonçait le débarquement des armées des Alliés dans le Midi.

Elle le lut en silence : « Leur but est de chasser les Allemands et d'effectuer une jonction avec les armées alliées qui avancent de Normandie. L'armée française est à nouveau une réalité : elle combat sur son propre sol pour la libération de la patrie, avec toutes ses traditions de victoires. Rappelez-vous 1918 ! Tous les Français, civils aussi bien que militaires, ont leur rôle à jouer dans la campagne du Midi. Ecoutez la radio alliée, lisez les avis et les tracts, transmettez les consignes de l'un à l'autre. La victoire est certaine. »

Songeuse, Solange replia le papier. De nouveau, elle s'inquiétait pour Hermance. Qu'allait devenir son amie ?

La sonnerie continue du jacquemart de la place de l'Horloge annonça la fin de l'alerte. Depuis les coupures d'électricité répétées, en effet, le signal d'alerte était diffusé par quatre coups de canon de DCA et par quatre séries successives de chacune dix coups de jacquemart, avec une pause entre chaque série. Tout un code que les Avignonnais avaient vite assimilé, par la force des choses.

« La victoire est certaine », se répéta Solange. Elle voulait y croire, de toutes ses forces. Tout en se disant que son amie ferait mieux de repartir dans la Drôme.

22 août

« Il faut que j'aille voir ce qui se passe », avait expliqué Hermance à monsieur Hyacinthe, à la fermeture de la librairie.

Les magasins encore ouverts se faisaient de plus en plus rares dans Avignon. Depuis plusieurs jours, les explosions se succédaient, les Allemands détruisant le plus possible de matériel avant leur retraite annoncée.

Le cœur étreint d'une sourde angoisse, Hermance apprit de quelques passants que l'occupant avait fait couler six grues-pontons et fait sauter le bac permettant la navette entre l'île Piot et les allées de Verdun. Une lourde fumée noire empoisonnait la ville.

La jeune femme comprit mieux pourquoi en apercevant, depuis la tour de Trouillas, les collines en feu de la Montagnette, du côté de Barbentane et de l'abbaye de Saint-Michel de Frigolet. De l'autre côté, sur le Rhône, deux péniches chargées de carburant brûlaient avec force fumée. On racontait que des dépôts de munitions avaient sauté, aussi bien à

La Combe aux Oliviers

Entraigues qu'à Montdevergues. Et, de nouveau, Hermance se sentit déchirée.
Où était Richard ? Qu'était-il advenu de lui ?

25 août

La joie, comme une houle, déferlait sur Avignon.
Depuis le 23 août à sept heures trente, le drapeau de la France libre flottait au sommet du clocher des Augustins. Même si les poudrières d'Entraigues sautaient encore, même si les Allemands avaient réussi à détruire le pont-viaduc, l'affaire était entendue, Avignon avait repris sa liberté.
La foule arpentait les rues de la ville, arrachant les plaques des rues, mettant à sac les locaux de la Légion des volontaires français, à l'angle de la rue des Marchands. Papiers, tracts, affiches avaient joyeusement brûlé dans un autodafé qui avait attiré de nombreux curieux.
Monsieur Hyacinthe jeta un coup d'œil dans la rue.
— La populace risque fort de relever la tête, commenta-t-il d'un air soucieux.
Comme pour lui donner raison, une dizaine de ce qu'on nommait déjà des « maquisards de bistro » remontait la rue en chantant à tue-tête. Ils arboraient des brassards un peu trop neufs et exhibaient des armes.
Ils passèrent sans s'arrêter devant la librairie des Papes. Monsieur Hyacinthe poussa un soupir discret.
— Ce serait peut-être plus prudent de monter voir ma sœur, mon petit, conseilla-t-il à Hermance.

La fille de Marie-Rose soutint son regard.

— Que pourrais-je craindre, monsieur Hyacinthe ? Je n'ai pas fait de marché noir, ni dénoncé qui que ce soit, encore moins participé à des actes de violence. Oui, j'ai aimé un officier allemand et je l'aime toujours. S'agit-il d'un crime ? Vous, qui avez œuvré pour la Résistance, qu'en pensez-vous, monsieur Hyacinthe ?

Le libraire lui sourit. Au cours des derniers mois, il avait eu souvent recours à Hermance pour jouer les agents de liaison avec le collège Saint-Joseph, un centre de la Résistance où l'on fabriquait de fausses cartes d'identité et où l'on donnait asile aussi bien à des Alsaciens qu'à des Juifs ou à des réfugiés étrangers.

Il lui avait fait confiance et n'avait jamais eu à le regretter.

— Peut-on vous reprocher d'avoir aimé ? répondit-il doucement.

La porte de la librairie, poussée avec force, s'ouvrit d'un coup tandis que le carillon se mettait à tinter sans fin. Le libraire et Hermance tressaillirent.

— C'est elle ! hurla mademoiselle Raymonde, désignant Hermance d'un doigt vengeur.

Les cheveux détachés, le visage déformé par la haine, elle avança dans le magasin, suivie de plusieurs hommes à la mine patibulaire.

Monsieur Hyacinthe tenta de s'interposer :

— Vous n'avez rien à faire ici, déclara-t-il fermement, faisant reculer Hermance derrière lui.

— Toi, le vieux, ne te mêle pas de nos affaires !

La Combe aux Oliviers

Un coup de poing l'expédia derrière une pile de dictionnaires. Hermance se précipita pour lui porter secours. Deux hommes l'en empêchèrent et, la tenant solidement par les bras, l'entraînèrent dans la rue. Là, elle éprouva un vertige en se retrouvant confrontée à une foule haineuse.

Refusant de se laisser gagner par la peur, elle releva fièrement la tête.

— Lâchez-moi ! ordonna-t-elle.

La gifle qu'on lui asséna lui coupa le souffle. Elle se débattit pour fuir.

Inexorablement, la foule se referma sur elle.

30

Septembre 1944

La chaleur n'avait pas faibli après le 15 août. Pourtant, dans la salle du moulin, il faisait frais.

« Tu m'accompagnes ? avait proposé Paul à Aurélie. Il est grand temps que je me remette au travail. »

Elle avait gardé le silence durant le bref trajet en voiture. Un peu mal à l'aise, Paul avait glissé : « Tu vois... la vie continue. »

Aurélie avait eu envie de hurler. Quelle vie ? Celle qu'elle avait menée jusqu'à la guerre ? Ou bien celle qu'elle avait rêvé de construire aux côtés de Karl ? Chaque fois qu'elle pensait à lui, elle éprouvait une sensation de vide vertigineuse. Elle ne l'avait pas revu, avait seulement réussi à apprendre par Paul que le brigadiste était remonté vers le nord.

La guerre était loin d'être terminée. D'autres jeunes gens, comme Hector, étaient partis, eux aussi, en direction de Paris.

Aurélie songeait souvent à lui. Son cousin, Hector, qui poursuivait ses études de médecine à Lyon, avait pris le maquis l'année précédente pour échapper au STO.

« Il ne terminera jamais sa médecine ! » soupirait Armide.

L'aînée des sœurs Valentin ne s'était pas vraiment impliquée dans la Résistance et avait même tenté de s'opposer, en vain, une nuit où on était venu chercher Etienne pour secourir un blessé. Son mari, refusant d'écouter ses conseils, n'avait pas ménagé sa peine. Il se savait fragile du cœur, pourtant, depuis l'épidémie de grippe espagnole.

Paul observa discrètement Aurélie, tout en commençant à dresser un inventaire des tâches les plus urgentes.

Etait-il le seul à avoir remarqué combien elle avait changé ? Plus assurée, plus souriante, elle semblait avoir pris confiance en elle.

— Il va falloir commander des scourtins, déclara-t-il d'une voix assourdie. C'était toujours ma mère qui s'en occupait...

Janie était morte au cours de l'hiver précédent. Une mauvaise grippe, qui était tombée sur la poitrine. Paul se trouvait à l'abbaye d'Aiguebelle, ce jour-là, il était allé « prendre livraison » d'un réfugié. La mort brutale de sa mère l'avait profondément affecté. Comme beaucoup d'hommes, il la croyait immortelle. Tout Nyons s'était déplacé pour les obsèques de Janie. Durant les années de guerre, la veuve d'Albert Ginoux s'était révélée particulièrement courageuse, hébergeant dans sa maison une mère juive et ses deux enfants, sans que Paul lui-même en soit prévenu. Il l'avait appris de sa tante Elisabeth, qui lui avait

demandé son aide après la mort de Janie pour trouver un refuge aux trois clandestins.
— Je peux m'en charger, si tu veux, suggéra Aurélie.
Paul hocha la tête. Il *devait* parler à la jeune fille, et ne savait comment s'y prendre.
Le nez en l'air, il fit le tour de la grande salle.

— J'ai négligé mon moulin, ces dernières années, commença-t-il. Tu te rappelles ce qu'aime à raconter ton grand-père ?
Elle hocha la tête et cita l'Ecclésiaste :
— « Il y a un temps pour tout, un temps pour toute chose sous les cieux : un temps pour naître et un temps pour mourir, un temps pour planter et un temps pour arracher ce qui a été planté, un temps pour tuer et un temps pour guérir, un temps pour pleurer et un temps pour rire, un temps pour aimer et un temps pour haïr, un temps pour la guerre et un temps pour la paix... »
Paul sourit.
— En épousant ta mère, en vivant à la Combe, j'ai forcément cultivé mon amour des beaux textes. Et, vois-tu, je pensais plutôt à ces phrases que ton grand-père a citées, un soir de 1943 : « La guerre la plus dure, c'est la guerre contre soi-même. Il faut arriver à se désarmer. J'ai mené cette guerre pendant des années, elle a été terrible. Mais je suis désarmé. » Elles sont extraites, je crois, d'un texte du patriarche Athenagore...

La gorge serrée, Aurélie pâlit. Elle avait beau avoir l'habitude de prendre sur elle, elle ne parvenait pas à dissimuler combien elle redoutait ce que son beau-père s'apprêtait à lui dire. Bravement, elle jeta :

— Mais Karl n'arrive pas à se désarmer. C'est cela, n'est-ce pas, Paul, que tu cherches à me faire comprendre ?

Il inclina la tête en signe d'acquiescement.

— Tu es une fille intelligente, Aurélie. La souffrance t'a appris beaucoup de choses. Je ne crois pas, cependant, que tu puisses te mettre à la place de Karl Werner. Personne n'en est capable, d'ailleurs, à commencer par lui. Cela fait près de douze ans qu'il se bat contre le fascisme. Quels que soient les sentiments qu'il éprouve pour toi, il ne peut pas cesser le combat. Il ne s'en donne pas le droit.

« Je sais cela », pensa douloureusement Aurélie. Au fond d'elle-même, elle l'avait toujours su.

Elle releva la tête, adressa à Paul un regard chargé de défi.

— C'est Karl qui t'a demandé de m'expliquer ça ?

Paul se racla la gorge.

— Il m'a laissé une lettre pour toi.

Le moulinier sortit de la poche de son pantalon une feuille de papier pliée en quatre. Que savait-elle de Karl ? se demanda Aurélie, le cœur étreint d'une sourde angoisse. Si peu de choses... Et, cependant, il n'y aurait jamais un autre homme dans sa vie.

Paul lui tendit la missive et s'éloigna.

— Il faut que j'aille à la scourtinerie, lui annonça-t-il d'une voix qui sonnait faux.

La Combe aux Oliviers

Aurélie esquissa un sourire ému. Cher Paul, toujours aussi discret !

Elle prit une longue inspiration, dans l'espoir d'empêcher ses mains de trembler. Elle parvint à déplier la feuille de papier, ne fut pas vraiment surprise de découvrir seulement quelques lignes. S'il s'intéressait comme elle à la littérature et à la poésie, Karl n'avait pas la plume facile. Certainement par retenue.

Aurélie, il faut m'oublier. Je suis et je reste un homme de passage. Si je m'en sors, il y a un petit garçon nommé Antonio qui m'attend. Prenez soin de vous.

L'écriture était fine, acérée. Aurélie imaginait Karl griffonnant ces quelques mots contre un mur, et tendant la feuille de papier à Paul. Elle le voyait dépliant sa haute silhouette, assurant son sac tyrolien sur son dos et disant : « Je pars. Là où l'on se bat encore. »

Elle demeura plusieurs minutes totalement immobile, ayant de la peine à assimiler les phrases qu'elle venait de lire. Pourtant, elle le savait, elle l'avait toujours su.

Lorsqu'elle réussit enfin à formuler une pensée cohérente, ce fut pour demander à Paul, qui était revenu sur ses pas :

— Où est-il allé ? Tu le sais, toi.

Le moulinier haussa légèrement les épaules.

— Il *les* traque. C'est un homme de guerre, depuis toutes ces années. Incapable de mener une vie normale.

— Pourtant, il parle d'un petit garçon...

C'était peut-être ce qui lui faisait le plus mal. Qui était la mère d'Antonio ? S'agissait-il de Dolorès, son grand amour perdu, ou d'une autre femme ? Et elle, Aurélie, qu'avait-elle représenté pour lui ? Une simple aventure ? Elle ne pouvait supporter cette idée.

De nouveau, Paul haussa les épaules.

— Je ne saurais te renseigner, Aurélie. Jorge était le plus proche de Karl et, tout naturellement, il l'a accompagné.

Elle lui tapota le bras, comme pour lui signifier que cela n'avait pas d'importance. Bien que tous les deux connaissent la vérité.

— On l'attend quelque part. N'est-ce pas réconfortant, après tout ce qu'il a subi ?

« Ne pas pleurer », se répéta-t-elle. Elle y parviendrait certainement. Quant à l'oublier... c'était tout bonnement impossible !

Sur le chemin du retour, Aurélie et Paul gardèrent un silence prudent, comme s'ils avaient eu peur d'exprimer tout haut ce qu'ils pensaient. Son beau-père jetait des coups d'œil discrets à la jeune femme sans pour autant lui poser de questions, ce dont elle lui était reconnaissante. Elle avait l'impression, pis, la certitude, de ne plus avoir de raison de vivre. Karl lui manquait déjà. Atrocement.

En arrivant dans la cour du mas, tous deux furent frappés par le silence, inhabituel à cette heure.

Sultan ne donnait pas de la voix et, fait encore plus rare, la porte était close. Même durant les années

La Combe aux Oliviers

d'occupation, la porte de la Combe était toujours restée ouverte, tout au moins dans la journée.

Le ciel de septembre était clair, l'air encore doux. Un léger parfum d'humus et de champignons réveillait chez Paul des souvenirs enfouis.

Aurélie et Paul échangèrent un regard perplexe. La guerre n'était pas finie, même si les Allemands avaient quitté la vallée du Rhône.

— Reste derrière moi ! ordonna-t-il.

Il ouvrit la porte d'un coup de pied et s'immobilisa sur le seuil. Aurélie, qui le suivait de près, entra en collision avec lui. Elle retint le cri de peine qui lui monta aux lèvres en découvrant Hermance assise devant la cheminée. Elle avait beaucoup maigri, mais ce qui choquait immédiatement, c'était son crâne complètement rasé, sur lequel on avait dessiné une croix gammée grossière. A côté d'elle, Marie-Rose faisait beaucoup de bruit en remuant ses casseroles.

Lucrèce revint dans la salle.

— J'ai couché le bébé dans ton petit lit, Aurélie, annonça-t-elle à sa fille.

Son attitude calme et sereine impressionna celle-ci. D'une certaine manière, Lucrèce leur indiquait le chemin à suivre. Sans un mot, Aurélie s'avança et alla serrer Hermance dans ses bras. La jeune femme éclata en sanglots convulsifs, qui semblaient ne devoir jamais s'arrêter.

Lorsqu'elle releva enfin la tête, ses yeux, qui avaient l'air démesurés dans son visage aux traits accusés, paraissaient interroger Aurélie : « Et toi... vas-tu me condamner ? »

— Il fait frais, déclara la fille de Lucrèce. As-tu bu quelque chose de chaud ?

— Elle ne veut rien avaler, soupira Marie-Rose.

On sentait une retenue entre la mère et la fille. Aurélie imaginait quelle devait être la détresse d'Hermance.

— Je suis fatiguée, murmura la jeune femme.

— Ton lit t'attend dans ta chambre, intervint Lucrèce. Va t'allonger, dors le temps qu'il faudra... Quand tu seras un peu reposée, tu te sentiras mieux.

Dès qu'Hermance eut quitté la salle, Marie-Rose se laissa tomber sur une chaise et se mit à pleurer. De grosses larmes silencieuses roulaient sur son visage pâli, des larmes qu'elle ne songeait même pas à essuyer.

— Je savais que tout cela finirait mal, bougonna-t-elle.

Lucrèce secoua la tête.

— Hermance a besoin de nous. De toi, d'abord. Nous savons tous qu'elle n'a pas commis de crime. Elle a simplement aimé un homme de l'autre camp, qui n'était pas un nazi.

— Je sais, souffla Marie-Rose. Mais la honte... et le fait de la voir revenir dans cet état... Seigneur ! Heureusement que mon pauvre Lucien n'est plus là...

Aurélie prit à son tour la parole :

— Ce sont les vivants qui comptent, Mimie. Tu as un petit-fils magnifique. Il ne doit en aucun cas subir les conséquences de la folie des hommes.

Lentement, Marie-Rose s'essuya le visage. Elle avait vieilli, s'affola soudain Aurélie. Elle qui l'avait toujours connue à la Combe prenait brusquement conscience de sa fatigue, et de ses soucis.

— Et ton père, reprit Marie-Rose à l'adresse de Lucrèce. Que va-t-il penser de nous ?

Ulysse Valentin, qui souffrait d'une bronchite, se reposait dans sa chambre.

Lucrèce répondit, pour Aurélie et elle :

— L'as-tu jamais vu fermer sa porte à une personne en détresse ?

Vaincue, la mère d'Hermance se leva.

— On fait décidément une drôle de famille ! soupira-t-elle.

— Unie par les liens du cœur, appuya Paul, qui avait jusqu'à présent gardé le silence.

31

Noël 1944

Comme chaque année, le maître de maison était le gardien de la tradition des fêtes calendales.

Ce Noël-ci, pourtant, était différent de ceux qui l'avaient précédé. Une partie de la France était libérée mais la bataille d'Alsace comme la bataille des Ardennes suscitaient nombre d'inquiétudes.

Ulysse Valentin se tourna vers Hermance.

— Tu veux bien me confier Eric ?

Le bébé dans les bras, il procéda à la cérémonie du cacho-fio. A la Combe, on disait « bouta cacho-fio », bouter le feu à la bûche. Avec moult précautions, sans lâcher Eric, très sage, Ulysse posa une grosse bûche dans la cheminée puis prononça les paroles rituelles :

— Alègre ! Alègre !

Lucrèce lui tendit un pichet de grès contenant de l'huile d'olive, qu'il répandit sur la bûche. Eric écarquilla les yeux devant l'embrasement joyeux. Ulysse le rendit à sa mère.

La Combe aux Oliviers

Les yeux pleins de larmes, Hermance se détourna. On ne pouvait mieux lui faire comprendre que son fils et elle faisaient partie de la famille.

Elle avait beaucoup changé depuis son départ, en 1939. La jeune fille frivole et coquette était devenue une mère responsable. Elle tentait peu à peu d'oublier les violences subies, même si elle se réveillait fréquemment la nuit, en proie à de pénibles cauchemars.

Elle revoyait Raymonde pointant vers elle un index accusateur.

« C'est elle ! Une vraie pute à boches ! Elle a eu un gamin d'un chleuh ! »

Hermance avait alors eu l'impression que de la sueur glacée coulait le long de son dos. Pour détourner l'attention de son bébé, qui était gardé par Thècle à l'étage, elle s'était avancée vers la populace.

« J'ai aimé, avait-elle lancé avec cran. C'est tout ce qu'on peut me reprocher. »

Elle se rappelait la gifle violente qui lui avait été assénée, suivie d'un coup de poing. Le sang avait giclé, elle était tombée à genoux. Dès lors, elle était perdue, ç'avait été la ruée. Des hommes, des femmes, qui hurlaient. On l'avait relevée, traînée de par la ville. Les insultes pleuvaient, elle s'efforçait de ne pas les entendre, et elle y parvenait presque. Il lui suffisait de penser à Richard, de s'imaginer avec lui. Elle avait aperçu d'autres femmes qui subissaient le même traitement. Sa robe était déchirée, elle avait un goût de sang dans la bouche, mais il fallait avancer tout de même, sous les insultes et les crachats. A croire que la foule qui s'était tue pendant les années noires prenait une revanche facile sur des femmes... Une nausée avait tordu le cœur d'Hermance en apercevant les sièges de fortune installés devant la boutique d'un coiffeur et la tondeuse qu'un jeune maniait avec efficacité. Tondue... elle allait être tondue !

Elle avait porté la main à la masse de cheveux châtains dont elle avait toujours été fière. Une femme grasseya dans son dos :

« Fini de rire, ma belle garce ! Ton amant doit être mort, à l'heure qu'il est, et toi, tu vas être marquée !

— Taisez-vous ! » avait murmuré Hermance en se débattant.

Elle n'était pas de force, elle le savait, mais elle avait tenté de leur échapper avec pour seul résultat de déchirer un peu plus sa robe, ce qui lui avait valu des commentaires salaces. Un jeune avait fendu sa robe en deux, dévoilant ses seins gorgés de lait. Un « oh ! » avait parcouru la foule. Hermance avait pensé qu'elle était perdue. On allait la lapider, la violer, la piétiner... Qui se soucierait de défendre une « pute à boches » ?

Elle avait cherché à protéger sa poitrine de tous ces regards qui la souillaient. On lui avait violemment rabattu les bras dans le dos avant de l'entraîner vers un siège libéré. La fille qui l'avait occupé – une gamine, même pas vingt ans – sanglotait, c'était pitoyable. Hermance avait redressé la tête.

« Je ne les supplierai pas », avait-elle pensé. Pour elle, cela équivaudrait à trahir Richard.

Parfois, le soir, lorsqu'ils écoutaient de la musique blottis sur le sofa d'Hermance, Richard soupirait de bien-être. « Nous sommes dans notre bulle. » Alors, tandis qu'ils massacraient ses cheveux à coups rageurs de tondeuse, elle avait réussi à s'isoler dans un monde dépourvu de violence.

« Regardez-la, elle ne baisse même pas les yeux ! » avait craché une femme qu'Hermance connaissait de vue.

La fille de Marie-Rose avait soutenu le regard haineux de la femme qui arborait une cocarde tricolore toute neuve. Elle s'était promis de ne pas pleurer, de ne pas jeter sa détresse et sa honte en pâture à la foule qui grondait.

Pourtant, quand Marcel et Solange avaient marché jusqu'à elle, quand le coursier l'avait enveloppée d'un vieil imperméable qui devait appartenir à monsieur Hyacinthe, la jeune femme s'était effondrée en sanglots. Ses amis l'avaient entraînée sous les huées de la populace. Hermance s'en moquait. Elle n'était plus seule.

Ils l'avaient ramenée à la librairie. Monsieur Hyacinthe, le visage orné d'un superbe coquard, donnait ses instructions à deux jeunes gens discrets qui ne ressemblaient en rien aux « maquisards de bistro » tentant de faire la loi dans Avignon. Hermance avait eu là la confirmation de ce qu'elle avait deviné depuis longtemps, à savoir que le libraire jouait un rôle important dans la Résistance locale.

« Emmenez-la à l'étage », avait-il ordonné.

Elle se souvenait de son mouvement de panique. Elle ne voulait pas que son fils la voie dans cet état.

« Eric dort », avait ajouté monsieur Hyacinthe, et Hermance s'était alors docilement laissé conduire vers l'appartement.

La Combe aux Oliviers

Solange s'était enfermée avec elle dans la salle de bains, l'avait aidée à ôter sa robe déchirée et lui avait fait couler un bain. Dans l'eau tiède, Hermance avait lentement repris contact avec la réalité. Elle avait eu un choc, cependant, lorsqu'elle s'était trouvée confrontée à son reflet. Le crâne rasé, marqué d'une horrible croix gammée, des marques de coups sur le visage et les bras... comment pourrait-elle affronter le monde extérieur ?

« Nous trouverons une solution, avait alors affirmé Solange. Tu es en vie, et ton bébé aussi. C'est le plus important. »

Hermance avait incliné la tête. Mais Richard ? Où se trouvait-il ? Etait-il seulement encore vivant ?

Lucrèce lui réclama son assiette et la servit d'escargots au coulis de tomates.

Ils s'étaient tous rendus à la messe de minuit, même Eric, bien emmitouflé.

Marie-Rose avait confectionné pour sa fille une toque en renard fauve, qui lui donnait une allure de princesse russe. Elle ne se séparait jamais du turban drapé avec soin qui dissimulait son crâne rasé. La croix gammée avait disparu, ses cheveux commençaient à repousser mais la blessure, profonde, demeurait. Hermance refusait de s'aventurer à l'extérieur de la Combe. Pour elle, le monde était synonyme de danger.

« Laissez-lui le temps », avait recommandé le maître du mas à Marie-Rose, qui s'impatientait. Lui-même avait vieilli, s'était voûté, ce qui n'entamait en rien son autorité.

— Nos gars se battent en Ardenne, fit remarquer Paul tout à trac.

Il aurait souhaité continuer le combat, Lucrèce l'en avait dissuadé. N'était-il pas plus utile au moulin comme au mas ? De plus, la guérilla était pratiquement terminée. Désormais, on assistait à l'inexorable progression des chars blindés. La guerre se poursuivait dans les Ardennes belges, de l'autre côté de la frontière française, si bien que Marie-Rose en suivait chaque étape avec enthousiasme.

« Nous avons été si souvent envahis », avait-elle tenté d'expliquer à Ulysse.

Le vieil homme avait souri en lui tapotant la main. « Il faut essayer d'oublier », lui avait-il répondu. Une inquiétude vague, qui n'osait pas se formuler, avait effleuré Marie-Rose. Ulysse lui paraissait de plus en plus lointain, et se réfugiait dans ses livres. Quel âge avait-il ? Bientôt soixante-quinze ans. Elle avait vécu beaucoup plus longtemps à ses côtés qu'aux côtés de Lucien, son mari.

Même si leur relation était demeurée semi-clandestine, Ulysse Valentin était l'homme qu'elle avait le plus aimé.

Soucieuse de dissimuler le sentiment de malaise qui l'envahissait, elle se leva pour aller chercher le gratin d'épinards à la morue.

Lucrèce, Aurélie et elle avaient préparé le traditionnel « gros souper » composé de sept plats, en hommage aux sept douleurs de la Vierge Marie. Les escargots, le gratin d'épinards à la morue, la carde aux olives noires de Nyons, le céleri à l'anchoïade, la soupe à l'ail, les anguilles, le tian de légumes.

Elle sourit. Ils étaient tous ensemble, et Hermance était revenue au mas.

Elle était heureuse, malgré tout.

32

Mars 1945

Tout au long de l'hiver 44-45, particulièrement rigoureux, Karl Werner avait combattu sans états d'âme. Après avoir rejoint « l'Armée B » qui remontait la vallée du Rhône, il avait joué le rôle d'agent de liaison auprès de nombreuses unités FFI. Au fur et à mesure que les mois s'écoulaient, il lui semblait s'enfoncer dans un monde sans espoir. La bataille de France avait été éprouvante, et le froid n'avait pas facilité la progression des troupes. Il se souvenait de la nuit de Noël, passée à s'enivrer tout simplement parce qu'il refusait de penser à Aurélie. Le lendemain, il avait failli se retrouver dans le fossé à cause de la migraine qui lui martelait les tempes. Au fur et à mesure qu'il remontait vers son pays natal, il devait lutter contre les souvenirs d'enfance, qui le submergeaient.

Il n'avait plus de nouvelles d'Elsa depuis des mois et se demandait de plus en plus souvent si leur mère avait survécu.

La Combe aux Oliviers

« Ce n'est pas le moment d'y songer », se disait-il, accablé par l'état de délabrement des régions traversées. Il était las, même s'il refusait de se l'avouer. Trop de massacres, trop de tragédies... Comment, dans ces conditions, croire encore en l'homme ?

Pourtant, la victoire était toute proche, il le pressentait. Rien, semblait-il, ne pourrait arrêter la marche de la Première Armée française, dirigée par le général de Lattre de Tassigny.

Lorsqu'ils avaient franchi le Rhin, Karl avait éprouvé comme une sensation de vertige. Pourtant, il ne reconnaissait pas comme ses compatriotes ces adolescents et ces vieillards au visage blême, au regard vide, pas plus que ces soldats épuisés, désespérés, qui paraissaient avoir perdu toutes leurs illusions.

Les douze années écoulées avaient fait leur œuvre. Karl était depuis longtemps un apatride...

— Eh bien, camarade ?

Jorge avait la fâcheuse habitude de le surprendre dans ses moments de réflexion.

— Tu penses à elle ? questionna l'Espagnol.

Karl fut tenté de fermer les yeux, comme pour mieux retrouver la silhouette fine et le visage vibrant de celle qu'il était incapable d'oublier.

Il alluma posément une cigarette avant de se tourner vers son ami.

— Ça se voit donc tant que ça ?

Jorge sourit.

— Pour une fois que tu fends l'armure... Cette fille, c'est comme un diamant.

Karl inclina la tête. Il ne parvenait pas, cependant, à exprimer à son ami ce qu'il ressentait. Que

La Combe aux Oliviers

pouvait-il offrir à Aurélie, lui qui se considérait parfois comme une machine de guerre ? Depuis le jour où son père était mort dans ses bras et où il s'était juré de le venger, Karl n'était plus le même. Le bonheur n'était pas fait pour lui. Il en avait même peur.
La canonnade s'intensifiait.
— Ils dégustent, en face, commenta Jorge d'un air satisfait. Tu as encore de la famille à Berlin ?
Karl soutint son regard intrigué.
— Je ne sais pas, répondit-il après un long silence.

Elle avait toujours entendu grand-père Josef parler de Berlin comme de la plus belle ville du monde. Tout naturellement, quand l'Armée rouge s'était rapprochée de la ferme familiale, Eva avait jeté dans un sac les affaires de Peter et les siennes, et s'était engagée sur la route de l'ouest, la route de Berlin.
Son frère et elle étaient les seuls survivants. Son père était mort en Russie et sa mère ne lui avait survécu que quelques mois. Eva, alors âgée de seize ans, avait pris en main l'exploitation de la ferme, située en Poméranie.
Les hommes du Reich lui avaient tout pris, jusqu'à la vache dont le lait leur avait permis de ne pas mourir de faim. Ils l'avaient mise en garde contre les « Ivan » qui se livraient au pillage systématique.
« Une belle fille comme toi… » avait conclu le SS en lui saisissant le menton. Eva s'était dégagée. « Je sais me défendre », avait-elle lancé.
Le regard de l'homme, d'un bleu presque transparent, l'avait glacée jusqu'à l'âme. Elle exécrait les

nazis, responsables de la mort de son aîné, Ralf, exécuté parce qu'il était membre du parti communiste. Son grand-père avait milité contre Hitler jusqu'à ce que des hommes sombres viennent le chercher. Il avait disparu. Disparu... ce mot avait pour Eva une connotation atroce.

Du jour au lendemain, ç'avait été comme si grand-père Josef n'avait jamais existé.

La jeune fille rejeta ses cheveux en arrière avec lassitude. Elle continuait d'avancer sur la route, parmi le flot des réfugiés, parce qu'elle *devait* tenter de mettre Peter à l'abri, mais elle se demandait s'ils ne se dirigeaient pas vers un piège mortel. La terreur que les Russes lui inspiraient la poussait en avant, malgré le froid, le vent glacial, la faim et les attaques aériennes. La nuit, c'était une véritable aubaine lorsqu'ils pouvaient se reposer dans une grange, mais Eva se réveillait sans cesse pour sombrer dans un sommeil lourd au petit matin.

« Je suis fatigué », gémissait Peter.

Jusqu'au jour où Eva l'avait secoué aux épaules.

« Au moins, c'est la preuve que tu es en vie ! » lui avait-elle crié, avant de le serrer contre elle en se mordant les lèvres pour ne pas éclater en sanglots.

A l'ouest de l'Oder, le froid relâcha un peu son emprise mais le vent, lui, était toujours aussi glacial. Lorsque la pluie se mit à tomber, en averses interminables, Peter prit froid et toussa. Eva avait beau chercher un refuge dans des fermes désertées, elle ne parvenait pas à faire sécher leurs vêtements trempés. Elle avait fait boire à son frère des décoctions de racines, avait failli pleurer le jour où elle avait découvert un pot de miel dans le placard de fermiers qui avaient dû partir eux aussi sur les routes. Ce soir-là, elle avait allumé du feu dans la cheminée après avoir barricadé la porte, et frictionné Peter avec de l'alcool qu'elle avait chauffé dans ses mains.

Elle avait descendu le gros édredon de plume trouvé dans une chambre et ils avaient dormi devant la cheminée, presque heureux pour la première fois depuis longtemps.

Le lendemain, Peter ne toussait quasi plus.

Il fallait se remettre en route, quitter le chemin de traverse qui les avait menés jusqu'à cette ferme qu'elle n'oublierait pas, se mêler de nouveau à la longue cohorte des réfugiés. Tous parlaient de l'avance inexorable de l'Armée rouge, des exécutions de soldats allemands ayant tenté de déserter, de la faim, qui tenaillait sans relâche les estomacs, du charbon de bois fabriqué avec du bouleau ou de l'aulne et constituant le seul remède contre la dysenterie.

Eva, tenant bien serrée la main de Peter, se demandait si elle n'aurait pas mieux fait de rester à la ferme. Les autorités nazies ne se souciaient pas d'eux. Ils formaient une armée en marche, composée de femmes, d'enfants et de vieillards. Des civils, sans réel intérêt pour le Reich. Certains chuchotaient que le Führer avait ordonné la politique de la terre brûlée. Si le Reich était condamné, le peuple allemand devrait disparaître, lui aussi. La prudence acquise au fil des années avait posé un bœuf sur la langue d'Eva, bien qu'elle bouillonnât intérieurement de colère et de révolte.

Toutes ces morts, tous ces destins brisés, pour un fou qui ne semblait même pas se rendre compte que l'Allemagne était perdue...

Et eux, que devenaient-ils, marchant vers Berlin comme s'il s'était agi de la Terre promise ?

Se cramponnant à la main de Peter, Eva tentait de se rappeler l'adresse de la fille de grand-père Josef.

Elle habitait près du Tiergarten, lui semblait-il, et représentait son seul espoir.

A condition qu'elle soit toujours en vie...

33

Mai 1945, Berlin

Vingt-quatre heures. Il y avait seulement vingt-quatre heures que Karl était revenu à Berlin, et il ne reconnaissait rien de sa ville natale.

On racontait que quatre-vingt-trois mille tonnes de bombes avaient été lancées sur Berlin. Il le croyait aisément en découvrant la capitale dévastée, transformée en champ de ruines. Partout, les immeubles soufflés, les monuments abattus, les rues éventrées témoignaient de la violence et de l'intensité des bombardements.

Des nuages noirs flottaient encore au-dessus de la ville, là où les « Hitlerjugend », les membres des Jeunesses hitlériennes, armés de Panzerfaust[1], avaient tenté de s'opposer aux chars soviétiques. Cette arme étant redoutable à une distance n'excédant pas une

---

1. Lance-roquettes antichars produits par les usines allemandes HASAG.

dizaine de mètres, cela équivalait pour eux à une véritable opération-suicide.

Les rescapés erraient entre des squelettes de maisons dont les toits, les vitres et les portes avaient disparu. Une vieille femme, l'air hagarde, poussait un landau à demi démantibulé dans lequel un chat miaulait désespérément. Des enfants contemplaient ce qui avait dû être leur maison, se demandant visiblement par quel miracle ils étaient encore en vie. De nombreux réfugiés se glissaient, telles des ombres, entre les ruines.

Jorge repoussa sa casquette en arrière.

— Ça a canardé sec ! commenta-t-il. Les orgues de Staline ont mis le paquet.

Karl ne répondit pas.

Pour lui, il y avait longtemps que Berlin, son Berlin, n'existait plus.

Depuis un certain soir de 1933.

La lueur tremblotante de l'unique bougie permettait d'avoir moins peur. Ou peut-être s'agissait-il d'une illusion, pensa Eva, recroquevillée sur elle-même.

Berlin ne correspondait plus à la ville magique dont elle avait rêvé. Peter et elle y étaient arrivés à la mi-avril, alors que la bataille faisait rage. Ils s'étaient réfugiés dans des caves, avaient zigzagué la nuit entre les immeubles éventrés, tandis que les bombes frappaient à l'aveugle une ville déjà morte.

Sans relâche, la jeune fille avait questionné. Où se trouvait le Tiergarten ? Quelqu'un connaissait-il

Renate Schwarz ? Elle avait retrouvé sa tante au bout de cinq jours d'une quête obstinée. Elle se souvenait vaguement d'une jeune femme blonde rieuse et s'était retrouvée confrontée à une vieille femme. Renate avait à peine cillé en apprenant la disparition des siens.

Son fils de quinze ans, Helmut, avait été enrôlé dans la Volkssturm, la milice populaire levée par les nazis pour défendre Berlin, et elle était sans nouvelles de lui. Son mari se battait quelque part du côté du Rhin, mais le front évoluait si rapidement... Peut-être était-il mort ?

« Nous allons payer au prix fort la folie de "l'autre" », avait soufflé Renate.

Les Berlinois, semblait-il, n'avaient plus la moindre envie de prononcer le nom de Hitler. Les rumeurs les plus fantaisistes couraient à son propos. Retranché dans la chancellerie du Reich, Hitler donnait l'impression de se cacher.

On murmurait aussi qu'il était parti pour l'Espagne rejoindre Franco.

« Ça m'étonnerait, avait marmonné Renate. Il restera à Berlin jusqu'à la fin. »

Elle paraissait si dure, si détachée de tout, qu'Eva en avait des frissons.

Peter, épuisé par leur périple, demeurait apathique, blotti tout à côté du poêle sans parvenir à se réchauffer. Renate brûlait tout ce qu'elle pouvait, des meubles, des livres, du papier, et envoyait ses neveux dans les ruines à la recherche de combustible. Eva se demandait alors ce qui était le pire, entre la crainte des bombardements et l'odeur écœurante des cadavres, dont personne ne semblait se soucier.

La prise de Berlin par l'Armée rouge l'aurait presque soulagée mais, en fait, rien n'avait changé. Toujours pas d'électricité, des files d'attente interminables devant les pompes pour obtenir un peu d'eau et, désormais, les femmes, quel que soit leur âge, vivant la peur au ventre. Comment se cacher des « Ivan », alors qu'il n'y avait pratiquement plus d'hommes en état de les défendre et qu'elles devaient aller chercher de l'eau ou déblayer les gravats ? Ils arrivaient, jeunes, le sourire aux lèvres, la haine au cœur, et se vengeaient sur les femmes des années de tourments. Jeunes, vieilles, peu leur importait, ils saccageaient les corps des mères, des filles, des compagnes de ceux qui avaient infligé tant de souffrances au peuple russe, à Stalingrad ou à Katyn.

Et tant pis pour elles si elles n'avaient pas soutenu les rêves déments de Hitler ! Elles étaient allemandes, berlinoises, elles devaient payer.

« La loi des barbares... » avait soufflé Renate dès le premier jour de l'occupation soviétique, en mettant Eva en garde. Mais tous les conseils – se couvrir les cheveux d'un fichu, avancer tête baissée, rester en groupe – demeuraient vains face aux « Ivan » déchaînés qui se livraient à une véritable chasse à la femme.

« Si la guerre doit être perdue, la nation périra aussi », avait lancé Hitler, et les civils payaient le prix de sa folie.

— Nous sommes encore en vie ce soir, c'est déjà ça, murmura Renate, comme si elle n'y croyait pas vraiment.

Eva hocha la tête. Vivre au jour le jour, ne pas se demander de quoi le lendemain serait fait... C'était cela, survivre à Berlin en mai 1945.

Il n'aurait jamais dû revenir à Scheunenviertel, le quartier juif de son enfance. On lui avait dit qu'il avait été dévasté par les bombardements mais il éprouva un choc en se retrouvant confronté à la réalité. L'Orianenburgstrasse n'était plus qu'un champ de ruines, il ne restait pratiquement rien de la Nouvelle Synagogue, déjà incendiée lors de la Nuit de Cristal. Le palais Monbijou avait été lui aussi lourdement endommagé.

De leur maison, rasée, ne subsistait qu'un tas de gravats au milieu desquels, surréaliste, trônait une armoire à balais intacte. Qui ne tarderait pas à disparaître pour alimenter les feux, se dit Karl.

Il s'en alla, les mains enfoncées dans les poches, jusqu'au vieux cimetière juif. Il ressentit un nouveau choc en constatant qu'il avait été détruit. Il flottait sur ce qui était devenu une sorte de terrain vague une impression de mélancolie poignante. Karl se rappelait être venu là en compagnie de son père, se recueillir devant la maseba, la pierre tombale du philosophe Moses Mendelssohn. Les Werner le vénéraient à cause de son combat pour le droit des Juifs à la citoyenneté.

Il n'y avait plus rien.

Karl haussa les épaules. Il n'aurait jamais dû revenir dans ce quartier. Les amis de sa famille, ses propres amis d'enfance, avaient disparu. Son cœur était vide, comme ces ruines tout autour de lui dans lesquelles les femmes de Berlin se déplaçaient sans bruit. On commençait déjà à les appeler les « Trümmerfrauen », les « femmes des ruines », et c'était particulièrement symbolique de la situation dans la capitale.

Il aurait dû ne plus s'émouvoir. N'avait-il pas déjà assisté à trop de massacres, en Espagne comme en France ? Malgré ses recherches, il n'était pas parvenu à retrouver les traces de sa mère et de sa sœur. Il n'avait pas l'intention de manifester quelque compassion à l'égard de la population berlinoise, qui avait gardé un silence prudent dès 1933.

Pourtant... il savait au fond de lui-même que ce n'était pas vrai. Des hommes, des femmes s'étaient levés pour les aider après l'arrestation de son père et, par la suite, les avaient fait bénéficier d'un réseau de passeurs. Rien n'était simple, et il ne se sentait pas l'âme d'un juge.

Appuyé contre un mur à demi abattu, il alluma une cigarette, savoura la première bouffée comme un plaisir longtemps interdit. Il allait regagner son quartier et ne reviendrait jamais Orianenburgstrasse.

Il ne prêta pas tout de suite attention à la « fille des ruines » qui s'avançait vers leur ancienne maison. Ou, plutôt, il la regarda avec indifférence. Elle était très jeune et, malgré ses haillons, on la devinait jolie. En revanche, il repéra tout de suite les trois soldats de l'Armée rouge qui remontaient la rue de son enfance en sens inverse. Ils chantaient et étaient visiblement pris de boisson. L'un d'eux brandissait une bouteille de cognac aux trois quarts vide.

Karl enregistra ces détails très vite. Il pensa : « La fille ! » et s'élança.

Déjà, l'un des trois Russes se dirigeait vers la « fille des ruines ».

— *Komm, Frau*, lui dit-il, une phrase que les Berlinoises avaient appris à redouter.

Il riait tout en l'attirant vers lui.

— Lâche-la ! hurla Karl.

En allemand.

Le Russe qui tenait Eva riait toujours. Son camarade leva son arme et tira. Karl fut frappé en pleine course. Il demeura une, deux secondes debout avant de s'effondrer sur le trottoir. Là même où il avait joué, enfant, avec Elsa.

34

Décembre 1946

Le froid avait frappé quand la dernière olive avait été cueillie. C'était assez fréquent, à la mi-décembre, et le maître du mas ne s'était pas inquiété.

« A toi, Paul, de te débrouiller avec la récolte de Lucrèce », lui avait-il dit au cours du gros souper.

Armide avait pincé les lèvres. « La récolte de Lucrèce »... Ne possédait-elle donc pas des droits, elle aussi, sur la Combe ?

Etienne lui avait tapoté le genou, comme pour lui signifier que cela n'avait pas d'importance. Etienne était ainsi fait. Si elle l'avait écouté, il n'aurait pas fait payer une bonne moitié de ses clients ! Comme s'ils avaient les moyens de se montrer généreux ! Les études d'Hector coûtaient cher et le docteur Mallaure devait compter avec des confrères plus jeunes et en meilleure santé que lui. Il était très fatigué, tout en refusant de le reconnaître.

Armide avait appris après l'Armistice que son époux avait soigné nombre de maquisards blessés, dans des circonstances parfois plus que... pittoresques. Saisie, elle s'était récriée : « Et moi qui vous pensais raisonnable ! » Etienne l'avait regardée en secouant la tête. « Ma chère Armide, vous ne changerez jamais ! Vous êtes toujours si... prévisible. » Blessée, elle avait compris qu'il ne s'agissait pas d'un compliment. Certes, elle n'avait ni le cran ni l'inconscience de Lucrèce, mais elle, du moins, n'avait pas risqué la vie de sa famille.

« C'est Noël », avait rappelé leur père d'une voix empreinte de lassitude. Il avait beaucoup vieilli.

« A près de quatre-vingts ans, ma vie est faite », aimait-il à répéter.

Marie-Rose, lèvres serrées, ne laissait rien voir de sa détresse. Hé ! Que croyait-il donc ? Chez elle aussi, on savait se tenir. De plus en plus soucieuse, elle se surprenait à prêter attention à des signes qu'elle pensait avoir oubliés depuis longtemps. Ainsi, elle se défiait particulièrement des pies dont elle aurait pu croiser le chemin, se souvenant de sa belle-mère qui disait : « J'ai vu passer une pie, je sens un malheur. » Elle veillait aussi à ce que les couverts ne soient pas placés en croix sur la table.

Elle tentait de se convaincre qu'Ulysse Valentin était encore vaillant pour son âge, sans y parvenir vraiment.

Son regard glissa de l'autre côté de la table recouverte des trois nappes traditionnelles brodées du chiffre de Laurette. Hermance suivait distraitement la conversation. Eric restait sagement assis sur ses genoux.

« C'est un enfant très sage », disait-on fréquemment de lui, ce qui tracassait sa grand-mère. A deux ans et demi, en effet, il aurait dû être moins raisonnable. Eric donnait toujours l'impression de chercher à se fondre dans le décor, à se faire oublier. Avec ses cheveux d'un blond presque blanc et ses yeux bleus, il ressemblait de façon frappante à son père, que Marie-Rose avait vu en photo. Hermance, malgré ses recherches, n'avait pu retrouver la trace de Richard. Elle ne s'en remettait pas, pas plus que de ce qu'elle avait subi à Avignon. Elle se sentait vieille, sans âge. Chaque fois qu'elle s'était hasardée à l'extérieur de la Combe, elle avait dû y revenir en toute hâte. Elle souffrait de crises de tachycardie, avait un sentiment de mort imminente.

Sa mère ne comprenait pas, mais s'étaient-elles jamais comprises, l'une et l'autre ? Lucrèce lui avait conseillé de consulter Etienne. Le médecin avait souri à Hermance.

« Pour l'instant, mon petit, tu n'as pas envie de sortir de ta bulle protectrice. Je pourrais te dire : "Avec le temps...", mais comment savoir ? Cette guerre a provoqué tant de traumatismes... »

Il lui avait prescrit des gouttes, lui avait recommandé de s'aventurer un peu plus loin chaque jour, en compagnie d'Eric et d'une personne avec qui elle se sentait en confiance. Pour une fois, Hermance s'était sentie écoutée.

L'avenir, le monde extérieur lui faisaient peur. Elle en venait à envier Aurélie, autonome avec la voiture qu'elle avait achetée.

La Combe aux Oliviers

Après la Libération, la fille de Lucrèce avait connu des moments difficiles. Elle avait postulé pour servir dans le corps d'ambulancières de la Croix-Rouge, mais sa candidature avait été rejetée à cause de son handicap. Elle avait fort mal vécu ce qu'elle considérait comme un échec. Désœuvrée et triste, elle inquiétait ses proches. Paul avait même essayé de parler de Karl avec elle, elle l'avait interrompu.

« Je suis une grande fille, Paul. C'est juste un cap à passer. »

Elle l'avait prouvé en décidant de reprendre ses études. Elle désirait être infirmière et pensait exercer à titre libéral, en campagne.

« Tu es bien sûre ? » lui avait demandé Lucrèce à plusieurs reprises. Elle n'osait pas poser la question clef : « Qui reprendra la Combe ? »

Lucrèce ne paraissait pas ses quarante-cinq ans et, pour l'instant, le problème de la succession ne se posait pas mais... qu'en serait-il plus tard ? Paul, comme Marie-Rose, connaissait tout des inquiétudes de l'oléicultrice.

Le jour où son père disparaîtrait... Dieu juste ! Marie-Rose préférait ne pas y songer.

Elle rajusta sur ses épaules son châle, qui avait glissé. Hermance le lui avait offert pour Noël. C'était une merveille de douceur, en laine couleur de nuage. Elle tricotait désormais pour plusieurs clientes de Nyons et de Valréas. Elle proposait des modèles originaux et cette activité, tout en lui apportant une certaine indépendance, lui permettait de ne pas affronter le monde extérieur.

La Combe aux Oliviers

Marie-Rose sourit. Allons ! Tout n'était pas si sombre ! L'année 1947 leur apporterait peut-être quelque bonne surprise...

« Vous voulez bien rester auprès de moi ? »

Marie-Rose n'avait jamais su résister au maître du mas. Aussi, lorsqu'elle eut rentré le chien et vérifié que le feu couvait sous la cendre, monta-t-elle rejoindre Ulysse Valentin dans sa chambre.

Il avait perdu du poids au cours des dernières semaines. Accoté à ses oreillers, le visage blême, il respirait avec difficulté. Ce qui ne l'avait pas empêché de refuser, en début d'après-midi, la suggestion de se faire hospitaliser à Montélimar.

« Je ne me suis jamais éloigné de mes arbres », avait-il lancé, superbe, et le cœur de Marie-Rose s'était serré.

Cet homme-là était l'homme de sa vie, elle l'avait aimé plus que son époux, plus que sa fille. En avait-il seulement conscience ?

Il tendit la main vers elle.

— Marie-Rose... j'aurais dû vous épouser il y a longtemps.

Sa voix était oppressée.

— Il y avait mes oliviers, reprit-il, et le souvenir lancinant de Laurette. J'ai fait preuve d'égoïsme.

Elle s'était promis de ne pas pleurer. De toute manière, elle s'était placée de manière à rester dans la pénombre de la chambre. Logiquement, Ulysse ne devait pas remarquer la larme silencieuse qui coulait le long de son visage.

— Ne parlez pas, vous vous fatiguez, parvint-elle à dire.

Elle apercevait sur la table de chevet les photographies de Laurette, d'Armide, de Lucrèce et d'Aurélie. Trois générations de femmes... auprès desquelles elle n'avait pas sa place. Cette certitude lui brisait le cœur.

Il accentua sa pression sur sa main.

— Il y a longtemps que je vous aime, Marie-Rose, souffla-t-il.

Sous le choc, elle ferma les yeux. Depuis combien d'années attendait-elle, espérait-elle cet aveu sans oser y croire ? En même temps, elle *savait* qu'il se confiait précisément parce qu'il atteignait le terme de sa vie.

Sa main lui caressa le visage, s'attardant sur la joue, là où la larme n'avait pas encore séché.

— Lorsque je ne serai plus là, il faudra maintenir le cap à la Combe.

Elle ne protesta pas. Tous deux n'avaient plus le temps de feindre d'ignorer la réalité. Alors, Marie-Rose répondit, gravement :

— C'est un peu ma maison, à présent.

Et Ulysse l'attira contre lui.

— Viens près de moi, lui dit-il, la tutoyant pour la première fois. J'ai froid. Te savoir à mes côtés me fait du bien.

Blottis l'un contre l'autre, ils égrenèrent leurs souvenirs. Le jour où Marie-Rose, Hermance calée sur sa hanche, avait frappé à la porte du mas. Celui où il s'était rapproché d'elle, après le mariage de Lucrèce. La première nuit qu'ils avaient passée ensemble, dans la chambre de Marie-Rose. Il paraissait heureux. Serein.

La Combe aux Oliviers

— Dors, mon aimé, souffla Marie-Rose en voyant ses paupières battre.
Elle-même veilla sur son sommeil. Et *sut* l'instant précis où son cœur s'arrêta.
Elle l'appela, lui massa le torse, pour tenter de faire redémarrer cette formidable machinerie qu'était le cœur, en vain. De toute manière, elle avait compris depuis plusieurs jours que le maître du mas était las de lutter. Depuis qu'il ne pouvait plus arpenter ses olivettes à sa guise, il avait cessé de se battre.
— Ulysse ! cria-t-elle.
Le bruit du balancier de la pendule lui résonna dans le cœur. Réprimant une envie de hurler sa peine, elle arrêta la pendule. Il fallait respecter les traditions.

Les flammes montaient, vives, fantasques, les bûches craquaient dans un gerboiement d'étincelles, mais Marie-Rose et Lucrèce ne parvenaient pas à se réchauffer. Depuis le matin, pourtant, l'ouvrage ne manquait pas à la Combe. Paul avait téléphoné chez Etienne et Armide pour les avertir de la mort du maître.
« Hector va me conduire », avait répondu Armide, sans laisser voir son émotion.
De son côté, ravagée par le chagrin, Lucrèce s'efforçait de ne pas perdre pied. Elle avait appelé le journal, l'imprimerie, fait prévenir par télégramme ses beaux-parents, comme les autres membres dispersés de leur famille. L'oncle Maurice, le frère cadet de sa mère, habitait Grenoble. Les cousins de Roanne ne feraient peut-être pas le déplacement, d'autant qu'on annonçait de la neige...

Lucrèce agissait comme dans un état second, sans oser franchir le seuil de la chambre de son père. C'était pour elle un moyen de nier la mort d'Ulysse Valentin.

A son arrivée, Armide l'avait contrainte à regarder la réalité en face et avait distribué ses consignes. Et puis, tout Roussol était venu, depuis le nouveau maire, qui assumait son deuxième mandat mais que tout un chacun s'obstinait à appeler ainsi, « le nouveau maire », jusqu'à Célestin, le facteur en retraite, « conscrit » d'Ulysse. La famille, les amis réchauffaient Lucrèce, qui ne pouvait cependant s'empêcher de frissonner. Marie-Rose, le visage fermé, s'affairait en cuisine.

Au retour de l'enterrement, une fois les amis rentrés chez eux, Lucrèce s'abattit dans les bras de Marie-Rose en pleurant.

— Il a toujours été là pour moi, sanglota-t-elle.

Marie-Rose comprenait. A la mort de son père, elle aussi avait eu l'impression que le dernier rempart venait de tomber. Elle avait perdu son compagnon tout en ayant choisi de garder le silence.

Elle avait eu envie de hurler quand le fossoyeur avait lentement fait descendre le cercueil d'Ulysse dans le caveau de famille des Valentin, auprès de Laurette.

Il n'y avait jamais eu de place pour elle à la Combe. Elle était et demeurait une étrangère, une fille du Nord.

Mais, au fond, cela n'avait pas la moindre importance.

Parce que Ulysse et elle s'étaient aimés.

35

1949

« Fichue année ! » pensa Lucrèce en procédant à l'inspection de ses arbres.

Etienne était mort à la fin de l'hiver. Un coup de froid qu'il avait pris, au retour d'une de ses consultations. Il s'était alité sur les instances de son fils, trouvant encore le moyen d'ironiser :

« Un médecin souffrant... Je ne vais pas te faire de réclame, mon pauvre garçon ! »

Son cœur malade n'avait pas résisté. Il était mort paisiblement, dans son sommeil, après avoir affirmé à Armide qu'il ouvrirait le cabinet dès le lendemain.

Pour une fois, Armide avait fait appel à sa sœur. La mort brutale d'Etienne la laissait désemparée, incapable de prendre la moindre décision. Hector et Lucrèce s'étaient occupés de tout. Celle-ci appréciait le caractère équilibré de son neveu.

« Je suis désolé, lui avait-il dit, d'un air gêné.

— Ce n'est pas le meilleur moment pour parler de tout ceci », avait répondu Lucrèce.

Juste après la mort de leur père, Armide avait réclamé sa part de l'héritage, refusant de rester dans l'indivision. Etienne avait eu beau plaider la cause de Lucrèce, il n'était pas parvenu à convaincre sa femme de renoncer.

Les caisses étaient pratiquement vides. Lucrèce avait été soutenue financièrement par Paul et par leur banque afin de pouvoir dédommager Armide. La faille entre les deux sœurs s'était agrandie. De nouveau, Lucrèce avait repris la route pour promouvoir leur huile et ses produits dérivés.

Etienne n'avait pas dissimulé sa réprobation.

« Quels comptes cherches-tu à régler avec Lucrèce ? » avait-il demandé à Armide.

Les époux avaient eu une explication houleuse.

« Tu as toujours préféré Lucrèce, pourquoi ne l'as-tu pas épousée ? » avait hurlé Armide, perdant tout contrôle.

Et Etienne, cruellement, avait répondu :

« Parce que je n'aurais pas pu la rendre heureuse. »

Durant toutes ces années, Armide avait vécu avec une certitude fichée dans le cœur. Etienne aimait Lucrèce. Comme toujours, elle, l'aînée, était mise à l'écart. Pourquoi ? N'était-ce pas terriblement injuste ?

Au cimetière, tandis qu'on descendait son époux dans sa tombe, elle avait été prise d'une crise de nerfs, avait repoussé Lucrèce qui lui offrait son bras.

« Je rentrerai avec Hector. Laisse-moi ! »

Elle avait prévenu. Qu'on ne compte pas sur elle pour organiser un semblant de réception, elle ne voulait voir personne. Excepté, peut-être, Hector. Elle se recueillerait dans leur maison. Seule.

En regagnant leur voiture, garée devant la coopérative, Aurélie avait demandé : « Pourquoi t'en veut-elle autant, maman ? », et Paul avait répondu, à la place de sa femme : « Par jalousie, tout simplement. Armide ne s'estime jamais satisfaite de son sort. »

Une pluie fine s'était mise à tomber.

« Le ciel pleure notre Etienne », avait murmuré Lucrèce.

Elle le revoyait, jeune médecin plutôt cassant, au château de Taulignan, en 1917.

Armide était son assistante, Lucrèce accumulait retards et étourderies. Il y avait un peu plus de trente ans... Cela lui paraissait à la fois si proche et si lointain... Elle avait repoussé dans un coin de sa mémoire son accouchement, mais jamais oublié que, ce jour-là, Etienne les avait sauvées, Aurélie et elle.

« Tu crois qu'Hector va reprendre le flambeau ? » avait demandé Aurélie.

Elle avait secoué la tête.

« Ici ? Je ne le pense pas. Le souvenir de son père l'empêcherait de s'imposer. Et puis... »

Gênée, elle n'avait pas achevé sa phrase. Paul l'avait fait pour elle :

« Et puis, Armide voudrait lui servir d'assistante, et il n'aurait plus la moindre marge de manœuvre...

— J'en ai peur. »

Ils ressentaient douloureusement la mort d'Etienne, après celle du père de Lucrèce.

La cadette des filles Valentin avait secoué la tête. Une large mèche blanche barrait ses cheveux sombres. La maturité lui va bien, pensa Aurélie.

Une fois de plus, à son cœur défendant, elle avait songé à Karl. Malgré ses efforts, elle n'avait jamais pu l'oublier.

Le soleil jouant avec le feuillage des oliviers le faisait rayonner comme si de multiples bougies avaient été dissimulées dans les branches. Lucrèce, passant en revue les olivettes, remarquait à voix haute :

— Celui-ci, il faudra le recéper... Le grand, là, n'est pas très bien taillé, il reste des gourmands... Et ceux-là...

— Je crois entendre ton père, glissa Marie-Rose.

Lucrèce se retourna vers elle. Ses yeux brillaient.

— Tu te rappelles, Mimie ? Le jour où l'on m'avait fait une prise de sang ? Papa avait raconté en riant que de l'huile d'olive devait couler dans mes veines. Et... Attention ! pas n'importe laquelle ! De l'huile de Nyons !

Le visage de Marie-Rose se rembrunit.

— J'ai l'impression qu'on vend un peu n'importe quoi sous ce nom, désormais.

Elle regretta aussitôt d'avoir prononcé cette phrase en voyant le regard de son amie flamber de colère.

— C'est bien pour cette raison que nous, les oléiculteurs, devrions nous réunir en une sorte de syndicat afin de défendre nos intérêts. Pour l'instant, j'ai l'impression de prêcher dans le désert...

— Patience, ma belle ! En règle générale, quand tu veux quelque chose, tu réussis à l'obtenir.

Lucrèce secoua la tête.

— J'ai bientôt cinquante ans, Mimie. Aurélie, même si elle aime nos arbres elle aussi, ne prendra pas le relais. Elle est trop investie dans son métier de soignante. Je respecte tout à fait son choix de vie, d'ailleurs, même si j'aurais préféré qu'elle reste à la Combe. Non, vois-tu, ce qui me désole, c'est que personne ne me succédera. Cela fait cent cinquante ans que mes ancêtres cultivent l'arbre sacré. Tu sais aussi bien que moi qu'Armide ne s'y est jamais vraiment intéressée. Hector est médecin comme son père, installé à Grignan. Paul et moi n'avons pas eu d'enfants. Pourtant, on ne pouvait rêver mieux : le moulinier et l'oléicultrice !

Une ombre voila son regard. Elle avait longtemps souffert de sa stérilité, consécutive à son accouchement difficile. Jusqu'au jour où Paul lui avait juré que cela n'avait aucune importance pour lui. C'était vrai. Il considérait Aurélie comme sa propre fille et s'estimait déjà le plus heureux des hommes d'avoir épousé la femme qu'il aimait.

— Peut-être Eric... ? reprit Lucrèce, d'une voix hésitante.

Marie-Rose soupira.

— Qui peut dire aujourd'hui ce que choisira Eric ? Il m'inquiète, ce petit, avec son air si triste...

On avait causé d'Hermance sur le marché, quelques mois auparavant. Un Avignonnais l'avait reconnue alors qu'elle accompagnait Lucrèce pour

La Combe aux Oliviers

l'aider à vendre ses « olives vives » et ses olives piquées.

Cela faisait à peine un an que la fille de Marie-Rose parvenait à sortir de la Combe. La rumeur, alimentée par l'Avignonnais, avait vite fait le tour du pays. La belle fille qui vivait à la Combe des Valentin avait été tondue à la Libération.

Tondue... l'opprobre avait rejailli sur son fils, dont c'était la première année d'école. Le jour où elle avait vu revenir Eric le visage marqué d'ecchymoses, Marie-Rose, le cœur serré, avait compris qu'il était temps d'intervenir. Lucrèce avait échangé un regard douloureux avec sa vieille amie avant d'annoncer à Eric qu'il allait avoir droit à son « remède miracle » : un cataplasme confectionné à partir de feuilles de chou, trempées dans de l'huile d'olive, de l'huile essentielle de lavande et de millepertuis. Ensuite seulement, les deux femmes lui avaient demandé ce qui lui était arrivé. Elles n'avaient pas cru un mot de ce qu'il leur avait expliqué. S'il était réellement tombé dans l'escalier, il n'aurait pas eu ces marques de griffures. Alex, le valet qui l'avait ramené de l'école en jardinière, avait confirmé leurs soupçons en rougissant. Plusieurs gamins escortaient Eric à la sortie en le traitant de « fils de boche ».

« Nous n'en sortirons donc jamais », avait soupiré Marie-Rose. Hermance était partie deux mois auparavant, sur les conseils d'Hector. Elle avait trouvé du travail dans une librairie de Nîmes, tentait de reconstruire sa vie. Tout naturellement, Eric était resté avec sa grand-mère à la Combe.

La Combe aux Oliviers

Quand Lucrèce et Marie-Rose allèrent trouver son instituteur, celui-ci les reçut avec gêne. Il n'était pas responsable, n'est-ce pas, de ce qui se passait à l'extérieur de son école, et puis la guerre n'était pas si lointaine, on ne pouvait exiger des Français qu'ils acceptent tout...

« En quoi un enfant qui n'a pas six ans peut-il les déranger ? » avait explosé Lucrèce.

Elle avait déjà compris, comme Marie-Rose, que leurs plaintes resteraient lettre morte. Eric était étiqueté « fils de boche ». Ce serait le plus souvent lui qui perturberait la classe, ou serait accusé d'avoir menti.

— Je vais me renseigner du côté de Dieulefit, décida soudain Lucrèce. Tu sais qu'il existe une pension renommée où l'on applique une pédagogie originale. Si Hermance et toi êtes d'accord...

Marie-Rose esquissa un sourire désabusé.

— Si le père d'Eric était revenu, tout aurait certainement été différent. Mais, désormais, je crains qu'Hermance ne cherche à s'éloigner de son fils comme de moi. Remarque, je ne la juge pas. Elle n'a pas trente-cinq ans... Si elle veut refaire sa vie, il vaut mieux qu'elle nous oublie un peu. Elle et moi n'avons guère eu de chance en amour.

Il paraissait logique de penser que Richard avait été tué. Hermance était convaincue que, sinon, il serait revenu la chercher. Plus lucides, Lucrèce et Marie-Rose se demandaient si le lieutenant n'avait pas déjà une épouse, et un ou plusieurs enfants en Allemagne.

La Combe aux Oliviers

— Oui, renseigne-toi sur les écoles qui pourraient accueillir mon petit-fils, reprit Marie-Rose.

Elle avait une manière de dire « mon petit-fils » qui émouvait Lucrèce. Même si l'école représentait pour lui une épreuve, Eric avait sa famille à la Combe.

36

1950

Depuis Marseille, où il avait débarqué, dix jours auparavant, il marchait. C'était plus que nécessaire, vital pour lui. Il se réappropriait ainsi cette terre qu'il n'avait pas foulée depuis six années.
Le Ventoux le guidait. Il marchait, pressé par le désir d'atteindre son but. Il portait une sorte de saharienne kaki, un battle-dress et des rangers qui avaient arpenté aussi bien les chemins de Pologne que le désert du Néguev.
Il n'était pas las. Seulement impatient. Il aurait pu lui écrire, durant toutes ces années. Pour lui dire quoi ? Qu'à Berlin il avait retrouvé son identité juive ? Qu'il avait échappé de peu à la mort en voulant sauver une gamine, une « Trümmerfrau » ? Qu'il n'avait pas eu, pour autant, envie de déposer les armes ?
Elle ne l'aurait pas compris. Lui-même éprouvait de la peine à analyser ses réactions. Il n'avait pas de métier, pas de qualifications. Il était seulement un

homme de guerre. Depuis 1936, il était allé de France en Espagne, d'Espagne en France, de France en Allemagne... jusqu'à l'Etat tout neuf d'Israël, où il avait participé au conflit israélo-arabe. C'était là-bas, dans le désert, qu'il avait enfin compris. Chacun croyait mener un combat juste. Karl, lui, était las de la guerre, jusqu'à la nausée. Ce conflit portait en lui les germes d'une nouvelle diaspora, de nouveaux actes d'intolérance, d'éternelles spoliations.

Comme si la Seconde Guerre mondiale ne leur avait rien appris...

Déjà, à Berlin, il avait éprouvé la tentation d'arrêter son combat. La peur l'avait incité à replonger dans l'action. Avait-il droit au bonheur, lui qui avait perdu sa famille ? Jorge l'avait accompagné. Jorge, son vieil ami, qui l'avait sauvé à Berlin. Tout cela pour mourir, de la façon la plus stupide, écrasé par un tank au pied du Sinaï. Karl n'avait pu retenir ses larmes en l'enterrant. Et puis, il avait *su*. Il ne pouvait pas continuer à fuir. Il lui fallait rentrer.

Il avait attendu la signature des armistices avant de reprendre son sac tyrolien et de quitter le Proche-Orient.

Il reconnaissait avec émotion le vallonnement du paysage, ses couleurs adoucies sous le soleil d'automne.

Qu'était devenue Aurélie ? Elle avait fort bien pu se marier, avoir des enfants, s'installer dans une autre région... Egoïstement ou tout simplement par réflexe de survie, il avait cherché à se reconstruire après avoir été abattu Orianenburgstrasse, en mai 45. Deux mois

La Combe aux Oliviers

d'hospitalisation, avant de partir pour Auschwitz, en Pologne, afin de retrouver la trace de sa mère.

Face à l'horreur indicible, il avait fui. Il était revenu en France, avait laissé un mot pour sa sœur à l'hôtel Lutetia, en redoutant qu'elle aussi n'ait été victime de la barbarie nazie. Ensuite, sans un regard en arrière, il s'était embarqué à destination de la Palestine. Il lui semblait que son père guidait ses pas. Son père, qui leur avait recommandé, avant de mourir :

« Battez-vous. Et partez, quittez notre malheureux pays. »

Il éprouva un coup au cœur en reconnaissant la route de Mirabel et les champs d'oliviers de grand-mère Eugénie.

Ce jour-là, il avait compris qu'Aurélie comptait pour lui.

Il accéléra le pas. La bonne douzaine de kilomètres qu'il lui restait à parcourir ne l'impressionnait pas. Au bout du chemin, il y avait la femme qu'il aimait.

Ce jour-là, Aurélie rentra tard d'une tournée épuisante. Sa jambe la faisait souffrir, comme chaque fois qu'elle restait longtemps debout, mais elle aimait trop son métier pour « s'économiser », comme on le lui conseillait fréquemment. La nuit tombait. A la différence de sa mère, elle avait toujours aimé l'heure du calabrun, « l'heure des rêves », affirmait son grand-père.

Elle s'appuya à la portière de sa 4 CV le temps de dégourdir un peu sa jambe. Nestor, le chien truffier de Lucrèce, à la race indéterminée, « un chien de rond-point », comme aurait dit le grand Mistral, s'avança à sa rencontre en frétillant.

Aurélie posa sa mallette sur le capot de sa voiture avant de se pencher pour le caresser. Elle avait souvent besoin de marquer une pause entre le moment où elle quittait ses patients et celui où elle franchissait le seuil du mas. Un vent léger agitait le feuillage des oliviers. Les narines frémissantes, elle s'imprégna des parfums de la nuit.

— Eh bien ! Tu te fais désirer, ce soir ! gronda la voix de Marie-Rose.

Aurélie la connaissait trop bien. Sa vieille amie lui cachait quelque chose.

Elle pénétra dans la salle, Nestor sur ses talons, s'immobilisa en découvrant une haute silhouette, qui se retourna vers elle.

Tétanisée, elle n'osa pas prononcer son prénom, de crainte de le voir disparaître à nouveau.

Il traversa la salle, lui prit le visage entre ses mains.

— Aurélie, *Liebling*, j'y ai mis le temps, il fallait que je fasse la paix avec mes vieux démons...

Elle se haussa sur la pointe des pieds. Elle ne se le rappelait pas aussi grand. Du bout des doigts, elle effleura son visage marqué de rides au coin des yeux et de la bouche.

— Le temps ne compte pas, puisque nous sommes réunis, souffla-t-elle.

Le baiser dont il la gratifia alors dissipa ses derniers doutes.

Karl était bel et bien revenu.

37

1956

Debout sur le seuil du moulin, Paul observait le ciel, clouté d'étoiles. Le froid déjà vif le fit frissonner. Il se rappelait son père, toujours en bras de chemise, qui affirmait devenir frileux dès qu'il sortait de son moulin, où la chaleur ambiante avait de tout temps attiré les jeunes comme les vieux.

Lucrèce, qui l'avait accompagné, l'attira contre elle.

— On se sent toujours un peu orphelin, à la fin de la saison, confia-t-elle d'une voix mal assurée.

L'année 1955 avait été éprouvante. Hector, leur neveu, avait failli perdre son petit garçon, souffrant d'une méningite. Dieu merci, le petit Bruno avait été sauvé, mais il garderait quelques séquelles au niveau de l'audition.

Les beaux-parents de Lucrèce, qui lui paraissaient quasiment immortels, étaient décédés, à deux jours d'intervalle. Retourner à Dieulefit avait ravivé en elle des souvenirs qu'elle croyait avoir non pas oubliés mais soigneusement rangés dans un coin de sa mémoire.

Il lui avait aussi fallu se battre toujours plus pour tenter de faire partager ses idées à ses collègues oléiculteurs. Elle estimait en effet qu'il importait de créer un syndicat de l'olive de Nyons afin de sauvegarder la spécificité de leur patrimoine. Paul la soutenait de toute son influence dans la profession. L'époque où l'on considérait un peu de haut le cadet d'Albert Ginoux était bel et bien révolue.

Paul était désormais l'un des plus anciens mouliniers, et respecté comme tel. « Une belle revanche », songeait parfois Lucrèce.

Paul et elle formaient un couple harmonieux. Le moulinier était parvenu à apaiser son caractère impétueux, à moins que ce ne fût un effet de l'âge ? A cinquante-cinq ans, Lucrèce se sentait en pleine possession de ses moyens. D'autant qu'elle était grand-mère depuis quatre ans. Aurélie et Karl avaient eu des jumeaux, Marianne et Jean-Loup.

Karl travaillait pour un journal créé à la Libération et partait assez souvent effectuer des reportages à l'étranger. Tous quatre habitaient une agréable maison à Violès et venaient fréquemment à la Combe. Aurélie était heureuse, elle rayonnait. Sa mère la pensait capable d'avoir, sinon chassé, tout au moins apaisé les démons qui hantaient Karl.

Lucrèce avait le sentiment de souffler, enfin, après tant d'années difficiles.

Elle se blottit dans les bras de son mari.

— Il faudrait que nous pensions, un jour, à prendre un peu de vacances, suggéra-t-elle.

La Combe aux Oliviers

Il fit la moue.

— La dernière fois, nous avons dû revenir de toute urgence à cause de la déclaration de guerre...

Lucrèce sourit.

— Le contexte est différent, Dieu merci ! Les olivades sont terminées, tu vas bientôt fermer le moulin. C'est le moment idéal.

— Nous y penserons, promit Paul.

Le lendemain, la catastrophe s'abattait sur tout le pays nyonsais.

Le mois de janvier avait été particulièrement doux, ce qui avait permis à la végétation de sortir de sa torpeur hivernale. Au matin du 1er février, Lucrèce parcourut ses olivettes, Nestor sur les talons. Il faisait bon, rien ne laissait présager le brutal changement de temps. Marie-Rose elle-même, qu'Aurélie avait un jour qualifiée de « baromètre sur pattes », n'avait pas vu venir la vague de froid. Ses rhumatismes l'avaient laissée tranquille.

Le vent du nord se leva un peu après dix heures. Rentrée au mas pour faire ses comptes, Lucrèce releva la tête et repoussa ses lunettes en arrière en voyant Marie-Rose surgir dans le petit salon.

— Quel froid ! s'écria-t-elle. Notre pauvre Nestor ne veut plus quitter le coin de la cuisinière.

— J'espère qu'Eric est assez couvert.

— Ne t'inquiète pas pour Eric, il est comme Paul, il sortirait en bras de chemise par moins cinq ! Non, je pense surtout aux oliviers.

— Ils sont résistants, temporisa Lucrèce.

La Combe aux Oliviers

Elle ne voulait pas s'alarmer. Janvier n'avait-il pas été un mois exceptionnel ?

Elle se replongea dans ses comptes.

La sensation de froid, une heure plus tard, l'incita à rejoindre Marie-Rose, qui confectionnait des gaufres.

Lucrèce huma le parfum de pâte levée qu'elle appréciait tout particulièrement.

— Je vais remettre des bûches dans la cheminée du petit salon, dit-elle. Je ne parviens pas à me réchauffer.

Elle s'enveloppa dans sa cape et sortit sur le seuil du mas. Elle reçut en plein visage une bouffée d'air glacial qui la suffoqua. Nestor, qui la suivait, repartit précipitamment se réfugier auprès de la cuisinière.

— Il fait au mieux moins huit degrés ! s'écria Lucrèce, saisie.

Elle n'avait jamais constaté une chute de température aussi rapide. Inquiète pour ses arbres, elle s'emmitoufla chaudement. La terre était déjà gelée, le ciel presque transparent.

« Pourvu que... » pensa Lucrèce avec force.

Elle songeait à son père, au gel de 1929.

« Nous ne pouvons pas revivre pareille épreuve », se dit-elle, atterrée.

Le soir, quand Paul rentra du moulin, ses traits étaient tirés. Le thermomètre extérieur indiquait moins douze degrés.

— Il ne faut pas que la température diminue encore durant la nuit, murmura Lucrèce.

Elle avait peur, horriblement peur, pour Noé, et tous les autres oliviers.

Paul et elle échangèrent un regard perdu.

La Combe aux Oliviers

— Si nous installions des braseros dans le champ ? suggéra Marie-Rose.

— Sais-tu combien d'arbres nous avons ici, grand-mère ? fit remarquer Eric, qui avait gardé le silence jusqu'alors. Plus de mille. Je les ai comptés pendant les olivades.

Il paraissait plus que ses douze ans. Grand, mince, large d'épaules, il était beau garçon. Ses cheveux avaient légèrement foncé et ses yeux, d'un bleu incroyable, mi-indigo, mi-turquoise, faisaient tourner la tête de toutes les filles. Après avoir accompli ses classes primaires à Dieulefit, il était entré au collège de Nyons.

Paul se retrouvait parfois en lui. Il le sentait souvent sur la défensive, prêt à se placer en retrait à la moindre attaque. Hermance s'était mariée à Nîmes avec un représentant, n'avait pas eu d'autres enfants. Elle venait à la Combe deux ou trois fois par an, toujours seule. Personne ne connaissait son époux. Si elle souffrait de la situation, Marie-Rose ne le laissait pas voir. Eric attendait avec impatience ses quinze ans, sa mère lui ayant promis de lui révéler le nom de son père à ce moment-là.

Lucrèce lui sourit avec tendresse.

— Je sais, mon grand. Nous sommes pieds et poings liés, comme en 29.

Eric avait souvent entendu parler du « gel du siècle » et n'osait pas imaginer que pareille catastrophe puisse se reproduire.

Ils se rassemblèrent autour de la cheminée comme pour conjurer le froid qui s'insinuait dans le mas.

La nuit serait longue.

La Combe aux Oliviers

Lucrèce se réveilla à l'aube. Elle gardait un souvenir confus de la soirée. Ils avaient mangé les gaufres de Marie-Rose tout en ajoutant régulièrement de grosses bûches dans la cheminée. Un silence minéral pesait sur le mas. Ils étaient allés se coucher un peu après minuit. Les draps étaient glacés.

« Réchauffe-moi », avait-elle suggéré en se blottissant contre Paul.

Elle avait entendu sonner toutes les demi-heures jusqu'à quatre heures. Elle était en alerte, guettant... elle ne savait quoi. Elle avait basculé dans le sommeil avant de se réveiller, alertée par des craquements sinistres, comme des coups de fusil qui se seraient succédé.

Elle sauta du lit, s'habilla chaudement avant de descendre. Malgré le feu qui couvait sous la braise, la salle était glaciale. Nestor lui fit fête mais manifesta beaucoup moins d'enthousiasme lorsqu'elle lui ouvrit la porte.

Lucrèce resta immobile sur le seuil du mas. Le spectacle était d'une beauté aussi irréelle qu'inquiétante. Les champs d'oliviers étaient prisonniers d'une gangue de glace.

Affolée, elle courut vers Noé, le plus vieil olivier de la Combe, et ne put retenir un cri de désespoir en constatant que son tronc s'était fendu. Tout autour d'elle, des craquements sinistres se répondaient d'une extrémité à l'autre des olivettes. Les oliviers pleuraient des larmes de sève. Ravagée par son impuissance, Lucrèce courait de l'un à l'autre. Accablée, elle regagna le mas à pas lents, s'abattit contre Paul, qui s'était levé à son tour.

— C'est fini, souffla-t-elle, sans même chercher à retenir ses larmes. Nous avons tout perdu...

Le thermomètre indiquait moins vingt degrés.

De génération en génération, les hommes et les femmes des Baronnies ont vécu de et pour l'olivier.

Arbre sacré, offert aux Grecs par Athéna, planté par ces mêmes Grecs en terre de Provence il y a plus de vingt siècles, arbre immortel, arbre symbole de paix et de lumière, dont l'huile nourrit, éclaire et bénit...

Il a suffi d'une nuit et d'une journée pour détruire les olivettes du Nyonsais. A nous de nous mobiliser pour recéper et replanter ces arbres qui font partie de notre histoire comme de notre patrimoine. Tous ensemble, nous réussirons.

Paul se racla la gorge et replia lentement le journal. La lecture de l'article écrit par Karl l'avait bouleversé. De son côté, Lucrèce ne pouvait dissimuler ses larmes.

— C'est Karl, né à près de deux mille kilomètres d'ici, qui nous montre le chemin, murmura-t-elle d'une voix étranglée.

Février n'était pas encore achevé. Lucrèce venait de traverser l'un des mois les plus cruels de sa vie. Malgré les exhortations de ses proches, elle ne parvenait pas à prendre une décision au sujet des oliviers.

Après trois jours de gel intensif, les arbres, qui avaient craqué et pleuré leur sève, étaient devenus rouges, comme brûlés de l'intérieur. Le pays tout entier était dévasté. Le gel avait lancé une nouvelle offensive le 12 février et la neige était tombée en abondance.

Face aux squelettes à présent noircis qui élevaient leurs branches vers le ciel, la fille d'Ulysse se sentait impuissante.

« Arrache tout et plante de la vigne, lui avait conseillé sa sœur. Le vin sera toujours d'un meilleur rapport que l'olive. »

Lucrèce ne pouvait s'y résoudre. Paul et elle avaient pratiquement tout perdu. Le moulin n'ouvrirait peut-être pas ses portes fin novembre. Il lui semblait que le pays allait mourir à petit feu.

Eric toussota.

— J'ai vu qu'on arrachait déjà beaucoup d'arbres, avec le bulldozer, c'est facile. Trop facile, même. Combien de temps a-t-il fallu pour que nos oliviers se développent ? Tu m'as toujours dit, Lucrèce, que Noé avait plus de deux cents ans... Si nous nous mettons tous à recéper, nous aurons peut-être une chance de sauver quelques arbres. Ou plus encore...

Elle regarda le garçon qu'elle considérait comme l'aîné de ses petits-enfants, puis Paul, Marie-Rose et, de nouveau, Eric. Elle se rappelait le travail de Romain, accompli en 29, après le premier grand gel du siècle. Ce n'était rien, cependant, comparé à celui-ci, mais son père n'avait pas baissé les bras.

Elle sourit à Eric.

— Tu sais manier la loube ?

38

1959

Augustin, l'ancien de Roussol, sortit son grand mouchoir à carreaux et s'essuya le front. Le soleil tapait déjà, en ce début de mai, ce qui ralentissait son allure. Se retournant, il mesura le chemin parcouru et, une nouvelle fois, son cœur se serra face à ses olivettes radicalement « nettoyées ». C'était le fils, Jacques, qui avait insisté :

« Pas question pour moi de m'échiner pour tout perdre en l'espace de quelques jours, lui avait-il dit. Tes oliviers sont dépassés. Je fais de la vigne, désormais. »

Augustin s'était senti poussé sur le bas-côté de la route. Il avait beau se dire que c'était la vie, que les jeunes faisaient leurs choix, il n'avait pas supporté le bruit lancinant du « Bull » arrachant ses arbres. En 29, c'était différent, il fallait bien trois jours à la pioche pour enlever la « matte », la base de l'arbre.

A présent, le bulldozer arrachait un hectare en une journée. Désespérés, la rage au cœur, nombre d'oléiculteurs avaient opté pour cette solution radicale. Comment survivre, sinon ?

A la Combe, Lucrèce et les siens avaient préféré recéper. Ils s'étaient tous attelés à la tâche, même Marie-Rose, et avaient passé une bonne partie de l'année 1956 à couper les oliviers gelés à la base de leur tronc. Les suivantes avaient été difficiles, sans revenus, il avait fallu vendre quelques terres pour s'en sortir. Lucrèce avait de nouveau loué le mazet.

Des vacanciers venus de Lyon ou du Nord découvraient la région. Elle avait à cœur de leur faire connaître traditions, cuisine et paysages pour rendre leur séjour inoubliable.

Augustin secoua la tête. Oui, Lucrèce se battait bien pour son pays et elle avait tout naturellement été l'un des premiers membres du syndicat de l'Olive de Nyons, créé le 10 janvier 1957 pour tenter de sauver l'oléiculture du Nyonsais et des Baronnies, mise en péril par le gel meurtrier. Ce devait bien être de l'huile d'olive qui coulait dans ses veines !

Il apercevait le toit de tuiles rousses de la Combe, dominant les olivettes. La main en visière devant les yeux, il reconnut Noé, que son ami Ulysse avait tant vénéré. Le verger le plus proche de la Combe avait perdu au moins le tiers de ses oliviers mais…

La main d'Augustin se mit à trembler… il ne rêvait pas, on le lui avait bien dit, les rameaux des arbres recépés étaient en fleur !

Il pressa le pas, rejoignit Lucrèce et Eric, qui contemplaient leurs oliviers.

— Tu as eu raison de t'obstiner, ma belle ! s'écria-t-il. Ton père serait fier de toi !

— Oh, Augustin, merci ! Tu ne peux pas savoir le plaisir que tu me fais !

Ils s'étreignirent.

— C'est Eric qui a insisté pour recéper, reprit la fille d'Ulysse. Sans lui, je ne sais pas si j'aurais eu le courage de persévérer. J'étais si désespérée, après le grand gel...

Eric savait déjà qu'il reprendrait le flambeau. Fidèle à sa promesse, Hermance lui avait révélé l'identité de son père l'avant-veille, jour de ses quinze ans. Il pressentait depuis longtemps qu'il était le fils d'un Allemand, on le lui avait assez répété depuis l'enfance, mais le fait de connaître son nom – Richard Markt – l'avait incité à entamer des recherches. Karl lui avait parlé de la WAST, un organisme berlinois qui avait conservé toutes les archives des soldats allemands.

Aurélie lui avait suggéré de se mettre en contact avec la Croix-Rouge, elle pourrait l'aider dans ses démarches s'il le désirait.

Il avait bon espoir de retrouver la famille de son père.

De toute manière, il avait ses propres racines. Solidement implantées à la Combe aux Oliviers.

Romans « Terres de France »

Jean Anglade
Un parrain de cendre
Le Jardin de Mercure
Y a pas d'bon Dieu
La Soupe à la fourchette
Un lit d'aubépine
La Maîtresse au piquet
Le Saintier
Le Grillon vert
La Fille aux orages
Un souper de neige
Les Puysatiers
Dans le secret des roseaux
La Rose et le Lilas
Avec le temps...
L'Ecureuil des vignes
Une étrange entreprise
Le Temps et la Paille
Les Ventres jaunes
Le Semeur d'alphabets
La Bonne Rosée
Un cœur étranger
Les Permissions de mai
Les Délices d'Alexandrine
Le Voleur de coloquintes
Sylvie Anne
Mélie de Sept-Vents
Le Secret des chênes
La Couze
Ciel d'orage sur Donzenac
La Maîtresse du corroyeur
Un horloger bien tranquille
Un été à Vignols
La Lavandière de Saint-Léger
L'Orpheline de Meyssac
Le Pain des Cantelou

Jean-Jacques Antier
Tempête sur Armen
La Fille du carillonneur
Marie-Paul Armand
Le Vent de la haine
Louise
Benoît
La Maîtresse d'école
La Cense aux alouettes
L'Enfance perdue
Un bouquet de dentelle
Au bonheur du matin
Le Cri du héron
Le Pain rouge
La Poussière des corons
Nouvelles du Nord
La Courée
Victor Bastien
Retour au Letsing
Henriette Bernier
L'Enfant de l'autre
L'Or blanc des pâturages
L'Enfant de la dernière chance
Le Choix de Pauline
La Petite Louison
Petite Mère
Françoise Bourdon
La Forge au Loup
La Cour aux paons
Le Bois de lune
Le Maître ardoisier
Les Tisserands de la Licorne
Le Vent de l'aube
Les Chemins de garance
La Figuière en héritage
La Nuit de l'amandier

Patrick Breuzé
Le Silence des glaces
La Grande Avalanche
La Malpeur
La Lumière des cimes
Nathalie de Broc
Le Patriarche du Bélon
La Dame des Forges
La Tresse de Jeanne
Loin de la rivière
La Rivière retrouvée
La Sorcière de Locronan
Annie Bruel
Le Mas des oliviers
Les Géants de pierre
Marie-Marseille
Michel Caffier
Le Hameau des mirabelliers
La Péniche Saint-Nicolas
Les Enfants du Flot
La Berline du roi Stanislas
La Plume d'or du drapier
L'Héritage du mirabellier
Marghareta la huguenote
Le Jardinier aux fleurs de verre
Daniel Cario
La Miaulemort
Jean-Pierre Chabrol
La Banquise
Claire Chazal
L'Institutrice
Didier Cornaille
Les Labours d'hiver
Les Terres abandonnées
Etrangers à la terre
L'Héritage de Ludovic Grollier
L'Alambic
Georges Coulonges
Les Terres gelées
La Fête des écoles
La Madelon de l'an 40
L'Enfant sous les étoiles
Les Flammes de la Liberté
Ma communale avait raison
Les blés deviennent paille
L'Eté du grand bonheur
Des amants de porcelaine
Le Pays des tomates plates
La Terre et le Moulin
Les Sabots de Paris
Les Sabots d'Angèle
La Liberté sur la montagne
Les Boulets rouges de la Commune
Pause-Café
Anne Courtillé
Les Dames de Clermont
Florine
Dieu le veult
Les Messieurs de Clermont
L'Arbre des dames
Le Secret du chat-huant
L'Orfèvre de Saint-Séverin
La Chambre aux pipistrelles
Paul Couturiau
En passant par la Lorraine
L'Abbaye aux loups
Annie Degroote
La Kermesse du diable
Le Cœur en Flandre
L'Oubliée de Salperwick
Les Filles du Houtland
Le Moulin de la Dérobade
Les Silences du maître drapier
Le Colporteur d'étoiles
La Splendeur des Vaneyck
Les Amants de la petite reine
Un palais dans les dunes
Renelde, fille des Flandres
Alain Dubos
Les Seigneurs de la haute lande

La Palombe noire
La Sève et la Cendre
Le Secret du docteur Lescat
Constance et la Ville d'Hiver
Marie-Bernadette Dupuy
L'Orpheline du bois des Loups
Les Enfants du Pas du Loup
La Demoiselle des Bories
Le Chant de l'Océan
Le Moulin du Loup
Le Chemin des Falaises
Les Tristes Noces
Elise Fischer
Trois Reines pour une couronne
Les Alliances de cristal
Mystérieuse Manon
Le Soleil des mineurs
Les cigognes savaient
Confession d'Adrien le colporteur
Le Secret du pressoir
Sous les mirabelliers
Laurence Fritsch
La Faïencière de Saint-Jean
Alain Gandy
Adieu capitaine
Un sombre été à Chaluzac
L'Enigme de Ravejouls
Les Frères Delgayroux
Les Corneilles de Toulonjac
L'Affaire Combes
Les Polonaises de Cransac
Le Nœud d'anguilles
L'Agence Combes et Cie
Suicide sans préméditation
Fatale Randonnée
Une famille assassinée
Le piège se referme
Gérard Georges
La Promesse d'un jour d'été
Les Bœufs de la Saint-Jean

L'Ecole en héritage
Le Piocheur des terres gelées
Les Amants du chanvre
La Demoiselle aux fleurs sauvages
Jeanne la brodeuse au fil d'or
Les Chemins d'améthyste
Denis Humbert
La Malvialle
Un si joli village
La Rouvraie
L'Arbre à poules
Les Demi-Frères
La Dernière Vague
Yves Jacob
Marie sans terre
Les Anges maudits de Tourlaville
Les blés seront coupés
Une mère en partage
Un homme bien tranquille
Le Fils du terre-neuvas
Hervé Jaouen
Que ma terre demeure
Au-dessous du calvaire
Les Ciels de la baie d'Audierne
Les Filles de Roz-Kelenn
Ceux de Ker-Askol
Michel Jeury
Au cabaret des oiseaux
Marie Kuhlmann
Le Puits Amélie
Passeurs d'ombre
Guillemette de La Borie
Les Dames de Tarnhac
Le Marchand de Bergerac
La Cousette de Commagnac
Gilles Laporte
Le Loup de Métendal
Jean-Pierre Leclerc
Les Années de pierre
La Rouge Batelière

L'Eau et les Jours
Les Sentinelles du printemps
Un amour naguère
Julien ou l'Impossible Rêve
A l'heure de la première étoile
Les Héritiers de Font-Alagé
Hélène Legrais
Le Destin des jumeaux Fabrègues
La Transbordeuse d'oranges
Les Herbes de la Saint-Jean
Les Enfants d'Elisabeth
Les Deux Vies d'Anna
Les Ombres du pays de la Mée
Eric Le Nabour
Les Ombres de Kervadec
Louis-Jacques Liandier
Les Gens de Bois-sur-Lyre
Les Racines de l'espérance
Jean-Paul Malaval
Le Domaine de Rocheveyre
Les Vignerons de Chantegrêle
Jours de colère à Malpertuis
Quai des Chartrons
Les Compagnons de Maletaverne
Le Carnaval des loups
Les Césarines
Grand-mère Antonia
Une maison dans les arbres
Une reine de trop
Une famille française
Le Crépuscule des patriarches
La Rosée blanche
L'Homme qui rêvait d'un village
L'Auberge des Diligences
Le Notaire de Pradeloup
Dominique Marny
A l'ombre des amandiers
La Rose des Vents
Et tout me parle de vous
Jouez cœur et gagnez

Il nous reste si peu de temps
Pascal Martin
Le Trésor du Magounia
Le Bonsaï de Brocéliande
Les Fantômes du mur païen
La Malédiction de Tévennec
L'Archange du Médoc
Louis Muron
Le Chant des canuts
Henry Noullet
La Falourde
La Destalounade
Bonencontre
Le Destin de Bérengère Fayol
Le Mensonge d'Adeline
L'Evadé de Salvetat
Les Sortilèges d'Agnès d'Ayrac
Le Dernier Train de Salignac
Michel Peyramaure
Un château rose en Corrèze
Les Grandes Falaises
Frédéric Pons
Les Troupeaux du diable
Les Soleils de l'Adour
Passeurs de nuit
Jean Siccardi
Le Bois des Malines
Les Roses rouges de décembre
Le Bâtisseur de chapelles
Le Moulin de Siagne
Un parfum de rose
La Symphonie des loups
La Cour de récré
Les Hauts de Cabrières
Les Brumes du Mercantour
La Chênaie de Seignerolle
Bernard Simonay
La Fille de la pierre
La Louve de Cornouaille

Jean-Michel Thibaux
La Bastide blanche
La Fille de la garrigue
La Colère du mistral
L'Homme qui habillait les mariées
La Gasparine
L'Or des collines
Le Chanteur de sérénades
La Pénitente
L'Enfant du mistral
L'Or du forgeron
Jean-Max Tixier
Le Crime des Hautes Terres
La Fiancée du santonnier
Le Maître des roseaux
Marion des salins
Le Mas des terres rouges
L'Aîné des Gallian
L'Ombre de la Sainte-Victoire
Brigitte Varel
Un village pourtant si tranquille

Les Yeux de Manon
Emma
L'Enfant traqué
Le Chemin de Jean
L'Enfant du Trièves
Le Déshonneur d'un père
Blessure d'enfance
Mémoire enfouie
Une vérité de trop
Louis-Olivier Vitté
La Rivière engloutie
L'Enfant des terres sauvages
L'Inconnue de la Maison-Haute
Le Secret des trois sœurs
Colette Vlérick
La Fille du goémonier
Le Brodeur de Pont-l'Abbé
La Marée du soir
Le Blé noir

Composition et mise en pages : FACOMPO, LISIEUX

Cet ouvrage a été imprimé en France par

CPI
BUSSIÈRE

à Saint-Amand-Montrond (Cher)
en mars 2010

N° d'édition : 8091 – N° d'impression : 100929/1
Dépôt légal : avril 2010